세 마리 토끼 잡는

초등 독해력

D1

초등 4-1

NE 능률

이 책을 쓴 분들_

강영주(지에밥 창작연구소 대표, 작가, 〈세 마리 토끼 잡는 독서 논술〉 대표 필자)
김경선(작가, 〈세 마리 토끼 잡는 독서 논술〉 집필)
한화주(작가, 〈세 마리 토끼 잡는 독서 논술〉 집필)
한현주(작가, 〈세 마리 토끼 잡는 독서 논술〉 집필)
이현정(작가, 〈세 마리 토끼 잡는 독서 논술〉 집필)

이 책을 만든 분들_

박지영(작가, 기획 편집자), 채현애(기획 편집자), 박정의(기획 편집자),
권정희(기획 편집자), 지은혜(기획 편집자), 강영주(작가, 기획 편집자)

세 마리 토끼 잡는 초등 독해력 D단계 1권

개정판 2쇄: 2022년 10월 25일

총괄 김진홍 | **기획 및 편집** 지에밥 창작연구소 | **연구원** 김지현, 김지연, 이자원, 박수희 | **펴낸이** 주민홍 | **펴낸곳** ㈜NE능률 | **디자인** 장현순, 윤혜민 | **그림** 우지현, 김잔디, 안지선, 김정진, 윤유리, 이덕진, 이창섭, 고수경, 장여회, 김규준, 김석류 | **영업** 한기영, 박인규, 이경구, 정철교, 김남준, 김남형, 이우현 | **마케팅** 박혜선, 이지원, 김여진 | **주소** 서울특별시 마포구 월드컵북로 396(상암동) 누리꿈스퀘어 비즈니스타워 10층 (우편번호 03925) | **전화** (02)2014-7114 | **팩스** (02)3142-0356 | **홈페이지** www.nebooks.co.kr | ISBN 979-11-253-3971-7 | 979-11-253-3977-9 (set)

제조년월 2022년 10월 제조사명 ㈜NE능률 제조국 대한민국 사용연령 11~12세(초등 4학년 수준)

독해 실력을 키워서 공부 능력자가 되어 보세요!

요즘 우리 아이들, 공부할 것이 참 많습니다. 국어, 영어, 수학, 과학, 사회, 예체능 어느 것 하나 소홀히 할 수 없지요. 그런데 **이런 교과 공부를 할 때 가장 기본이 되는 것은 설명하는 내용이 무엇인지 아는 것입니다.**

특히 학교 공부를 처음 시작하는 초등학생에게 글을 읽고 이해하는 일은 무엇보다 중요합니다. 즉, **독해는 도구 과목인 국어를 포함한 모든 과목에서 공부의 시작이자 끝이라고 할 수 있지요.** 초등학교 때 독해를 소홀히 하다 보면 중·고등학교에 가서 교과서를 읽으면서도 그 내용을 이해하지 못하는 일이 생기기도 합니다.

그런데 **독해력은 열심히 책만 읽는다고 해서 단기간에 키워지는 것이 아닙니다.** 꾸준히 글을 읽고 이해하는 연습을 지속적으로 해야 비로소 실력이 생겨나는 것이지요. 그러므로 독해 연습은 단계적이고 체계적으로 하는 것이 중요합니다.

〈세 마리 토끼 잡는 초등 독해력〉은 이 중요한 독해의 방법을 제시하기 위해 기획된 시리즈입니다. 이 시리즈의 구성 원리는 다음과 같습니다.

1. 초등학생이 교과를 이해하는 데 필요한 독해의 전 과정을 담는다

교과의 기본이 되는 글의 내용을 쉽게 이해하는 **사실 독해**로 시작하여 글 속에 숨은 뜻을 짐작하고 비판하는 **추론 독해**, 읽은 것을 발전시켜서 창의적으로 문제를 해결하는 **문제해결 독해**로 이어지는 독해의 전 과정을 체계적으로 담았습니다.

2. 다양한 독해 활동을 통해 독해를 쉽고 재미있게 학습하도록 구성한다

독해의 원리에 흥미롭게 다가갈 수 있도록 **주제 활동, 유형 연습, 실전 학습** 등을 다양하게 단계적으로 구성하였습니다. 이때 글과 쉽게 친해질 수 있도록 동화, 역사, 사회, 과학, 예술 분야의 전문 필진과 초등 교육 과정 전문 선생님들이 함께 노력을 기울였습니다. 이 밖에도 독해의 배경지식이 되는 어휘, 속담, 문법, 독서 방법 등의 읽을거리를 충분히 실었습니다.

〈세 마리 토끼 잡는 초등 독해력〉을 통해 토끼처럼 귀여운 우리 아이들이 **독해 자신감, 공부 자신감**을 얻어서 최고의 **독해 능력자**가 되기를 기대하며 응원하겠습니다.

세 마리 토끼 잡는 초등 독해력 은 어떤 책인가요?

1 독해의 세 가지 원리를 한번에 잡는 책

독해는 글을 읽고 뜻을 이해하는 것입니다. 이때 뜻을 이해한다는 것은 글에 드러난 정보나 주제뿐 아니라 숨어 있는 글쓴이의 의도나 생략된 내용을 짐작하고 읽는 사람의 생각과 느낌을 고려한 표현까지 이해하는 것입니다. 〈세 마리 토끼 잡는 초등 독해력〉은 사실 독해, 추론 독해, 문제해결 독해로 이어지는 독해의 원리를 단계적으로 키워서 독해 능력을 한번에 완성하도록 도와줍니다.

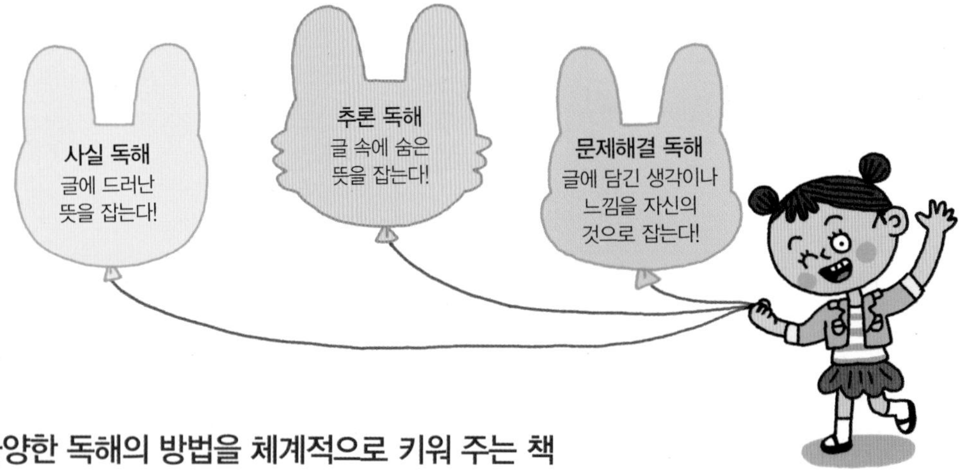

2 다양한 독해의 방법을 체계적으로 키워 주는 책

설명문, 논설문과 같은 글을 읽을 때와 시, 소설을 읽을 때는 글의 내용을 이해하는 방법이 조금 다릅니다. 비문학적인 글을 읽을 때에는 글에 나타난 정보나 사실을 이해하여 주제나 중심 생각을 파악해야 합니다. 그리고 문학적인 글을 읽을 때에는 주제뿐 아니라 글 속에 숨은 의미와 분위기, 표현 방법을 살펴서 글쓴이의 의도를 미루어 짐작하고 그에 대한 나의 생각이나 느낌도 표현할 수 있어야 합니다. 〈세 마리 토끼 잡는 초등 독해력〉은 독해 개념부터 유형 연습, 실전 문제에 이르기까지 독해의 다양한 방법을 체계적으로 키워 줍니다.

3 다양한 교과 관련 배경지식을 키워 주는 책

글을 읽을 때는 낱말이나 문장을 과목에 따라 다르게 해석해야 하는 경우가 있습니다. 국어 과목에서는 동요의 노랫말처럼 '달'을 보고 '토끼가 떡방아를 찧는 것 같다'고 표현하는가 하면 과학 과목에서는 '아무도 살지 않는 지구 주위를 돌고 있는 위성' 혹은 '지구와 가장 가까운 천체'로 보기도 합니다. 〈세 마리 토끼 잡는 초등 독해력〉은 과목에 따라 다른 의미로 해석되는 다양한 영역의 글을 수록하여 도구 과목인 국어 과목뿐 아니라 사회, 과학, 예체능 등 다양한 교과 공부에 도움을 주는 배경지식을 키울 수 있습니다.

4 다원적 사고 능력을 열어 주는 책

독해력은 글의 내용을 이해·감상하고 자신의 관점으로 비판하며 창의적으로 표현하는 능력을 갖추는 고차원의 사고 능력입니다. 특히 서술형과 같은 문제 유형으로 자신의 생각을 창의적으로 표현해야 하는 경우에는 이와 같은 능력이 더욱 요구됩니다. 〈세 마리 토끼 잡는 초등 독해력〉은 독해력을 구성하는 이해력, 구조 파악 능력, 어휘력, 추리·상상적 사고 능력, 비판적 사고 능력, 문제 해결 능력 등 다원적 사고 능력을 골고루 계발하여 어떠한 문제 상황도 너끈히 해결할 수 있도록 도와줍니다.

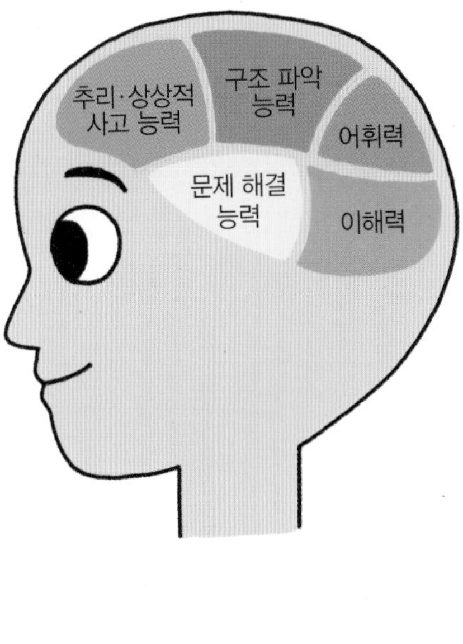

세 마리 토끼 잡는 초등 독해력은 어떻게 이루어져 있나요?

1 전체 구성

〈세 마리 토끼 잡는 초등 독해력〉은 학년과 학기의 난이도에 따라 6단계 12권으로 이루어져 있습니다. 이 책은 각 학년과 학기의 학습 목표에 맞는 독해 주제를 단계적으로 구성하였으므로, 그에 맞게 선택해서 공부할 수 있습니다. 하지만 학습자의 독해 능력에 맞게 단계를 조정하여 선택하면 더욱 효과적입니다.

단계	A단계		B단계		C단계		D단계		E단계		F단계	
권 수	2권		2권		2권		2권		2권		2권	
단계 이름	A1	A2	B1	B2	C1	C2	D1	D2	E1	E2	F1	F2
학년-학기	1-1	1-2	2-1	2-2	3-1	3-2	4-1	4-2	5-1	5-2	6-1	6-2
학습일	각 권 20일											
1일 분량	매일 6쪽											

2 권 구성

〈세 마리 토끼 잡는 초등 독해력〉 한 권은 학습 내용에 따라 PART1, PART2, PART3으로 나누어져 있습니다. 학년별 난이도에 따라 각 PART의 분량이 다릅니다.

PART 1 사실 독해 (1~2주 분량)

독해에서 가장 기본이 되는 부분으로, 글에 나타난 정보나 사실을 확인하는 내용을 주로 담고 있습니다. 이 부분에서는 글에서 정보를 찾아보고, 이를 바탕으로 중심 내용과 주제, 글의 구조와 전개 방식을 파악하며 읽는 방법을 배웁니다. 이 부분은 독해를 처음 접하는 저학년일수록 분량이 많고, 고학년으로 갈수록 분량이 줄어듭니다.

단계별 구성(저학년은 분량이 많고, 고학년은 분량이 적습니다. A~C단계: 2주분 / D~F단계: 1주분)

A단계	B단계	C단계	D단계	E단계	F단계
					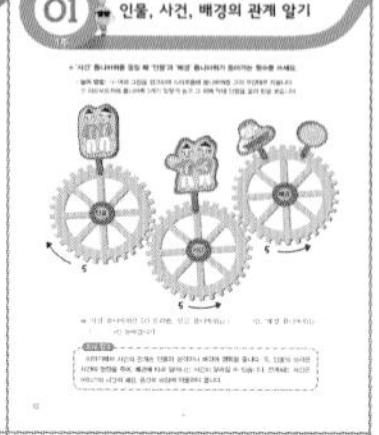
글자, 낱말, 문장 알기	마음을 나타내는 말 알기	설명하는 글을 읽은 경험 찾기	생각이나 느낌이 다른 까닭 알기	기행문의 특성 알기	인물, 사건, 배경의 관계 알기

PART 2 추론 독해 (1~2주 분량)

독해 능력이 발전하는 부분으로, 글에 드러난 것을 파악하는 것을 뛰어넘어 글에 숨겨진 뜻을 짐작하고 비판하는 내용을 담았습니다. 이 부분에서는 글에 나타난 정보를 짐작해 보고 생략된 내용이나 숨겨진 주제, 글을 쓴 목적을 찾아보며 글을 읽는 방법을 익힙니다. 그리고 글에 드러난 관점이나 글쓴이의 주장과 근거, 표현 방법 등을 비판하며 읽는 방법도 배웁니다. 이 부분은 저학년일수록 분량이 적고, 고학년으로 갈수록 분량이 늘어납니다.

단계별 구성(저학년은 분량이 적고 고학년은 분량이 많습니다. A~C단계: 1주분/ D~F단계: 2주분)

A단계	B단계	C단계	D단계	E단계	F단계
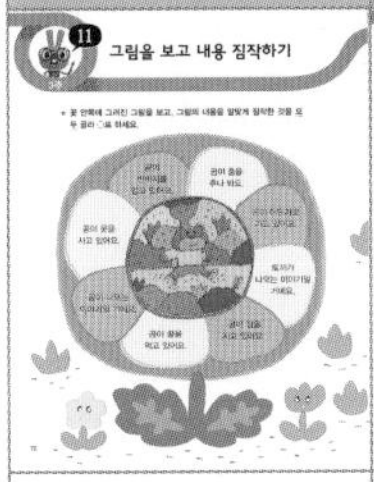	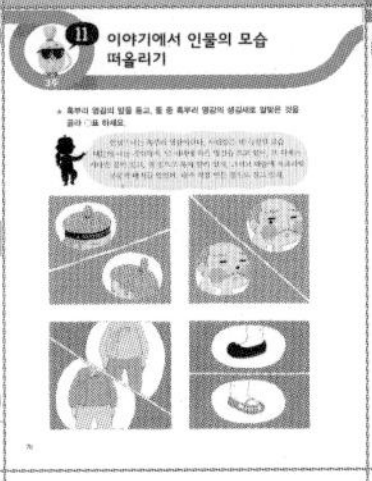	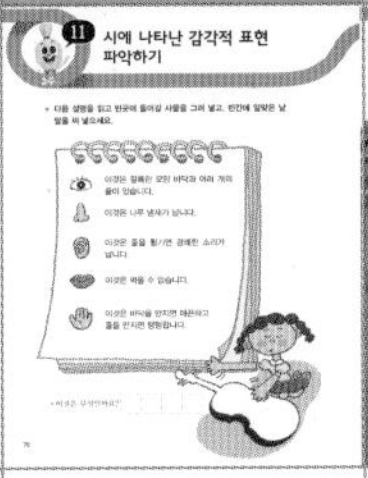	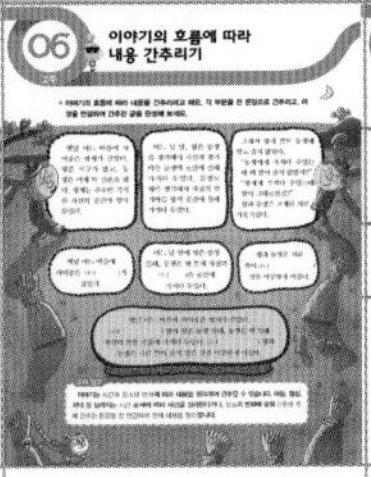	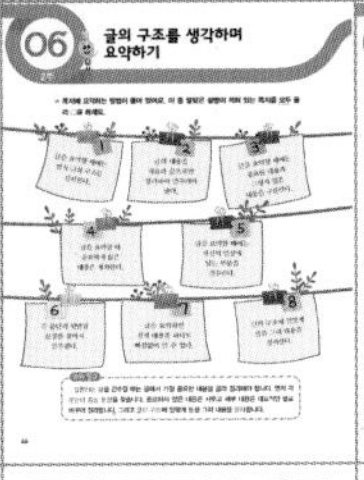	
그림을 보고 내용 짐작하기	이야기에서 인물의 모습 떠올리기	시에 나타난 감각적 표현 파악하기	이야기의 흐름에 따라 내용 간추리기	글의 구조를 생각하며 요약하기	이야기의 구조 이해하기

PART 3 문제해결 독해 (1주 분량)

글의 내용을 자신의 상황에 창의적으로 적용하는 고차원적 독해 능력을 키우는 부분입니다. 이 부분에서는 글에서 감동적인 부분을 찾아 글쓴이의 마음에 공감하고, 글을 읽고 난 감동을 표현하며 읽습니다. 글에 나타난 다양한 문제 상황과 해결 방법을 나의 생활에 적용하며 창의적으로 읽는 방법을 배웁니다.

단계별 구성(저학년과 고학년 같은 분량입니다. A~F단계: 1주분)

A단계	B단계	C단계	D단계	E단계	F단계
			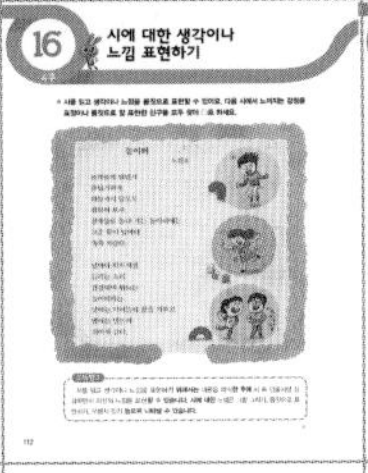		
이야기를 읽고 느낌 표현하기	시 속 인물의 마음 상상하기	원인과 결과를 생각하며 이야기 꾸미기	시에 대한 생각이나 느낌 표현하기	글을 읽고 문제 상황에 알맞은 의견 마련하기	인물이 추구하는 가치와 자신의 삶 관련짓기

세 마리 토끼 잡는 초등 독해력 1일 학습은 어떻게 짜여 있나요?

개념 활동 재미있게 활동하며 독해의 원리를 익힙니다 (2쪽)

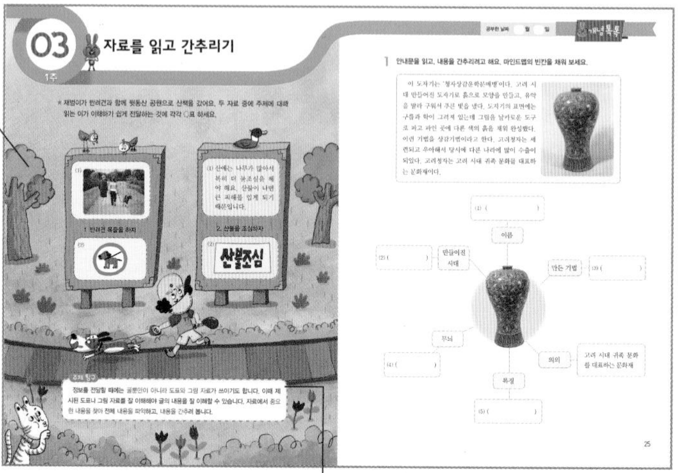

개념 활동

매일 익힐 독해의 개념을 재미있는 활동과 간단한 문제로 알아볼 수 있습니다. 퀴즈, 미로 찾기, 색칠하기, 사다리 타기, 만들기 등 다양하고 재미있는 활동을 통해 독해의 원리를 입체적으로 배울 수 있습니다.

주제 탐구

개념 활동을 하며 살펴본 독해의 원리로 학습 주제를 살펴볼 수 있습니다. 이곳에서 앞으로 공부할 주제를 한눈에 확인할 수 있습니다.

독해력 활짝 짧은 글로 유형을 연습하며 독해력을 넓힙니다 (2쪽)

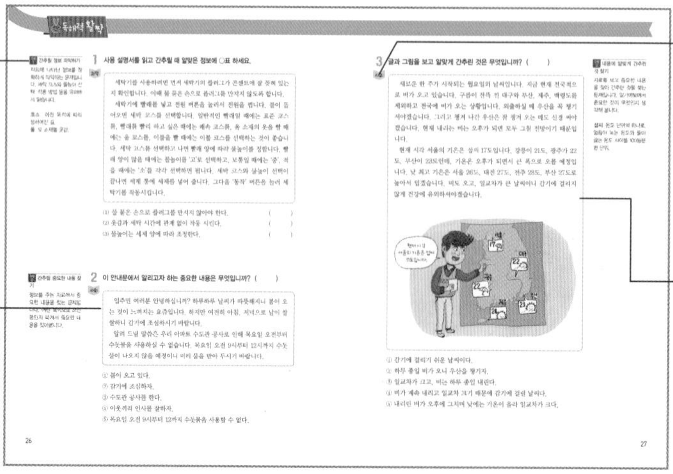

유형 설명

주제와 관련된 여러 유형을 나누어 핵심 평가 요소를 확인합니다.

유형 문제 연습

다양한 유형을 익힐 수 있는 독해 문제가 제시되어 있습니다.

관련 교과명

지문과 관련된 교과명이 표시되어 있습니다.

짧은 글 독해

유형과 관련 있는 짧은 글을 읽으며 문제의 출제 의도를 파악합니다.

독해력 쑥쑥 긴 글로 실전 문제를 풀며 독해력을 키웁니다 (2쪽)

글의 개관

글의 종류, 특징, 중심 내용, 낱말 풀이 등으로 글에 대한 이해를 돕습니다.

긴 글 독해

시, 동화, 소설, 편지, 일기, 설명문, 논설문 등 다양한 갈래의 글이 수록되어 있습니다.

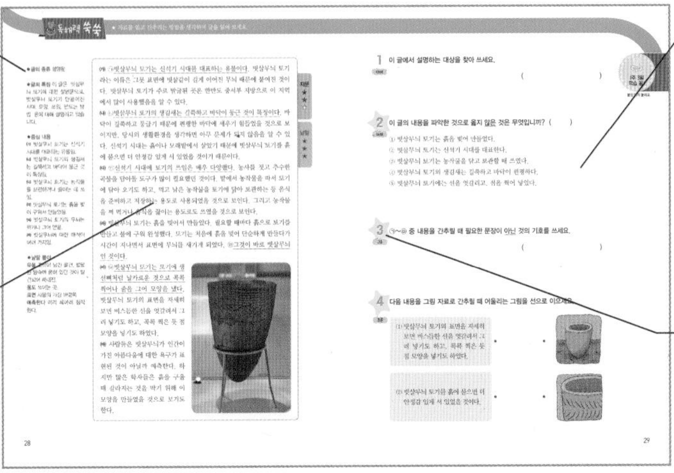

실전 문제

이해, 구조, 어휘, 추론, 비판, 문제해결 등과 관련된 다양한 실전 문제가 수록되어 있습니다.

핵심 문제

해당 주제의 핵심 문제는 노란색 별로 표시되어 있습니다.

독해 플러스 독해력을 돕는 배경지식을 알아봅니다

한 주 동안의 학습을 마무리하면서 독해와 관련된 배경지식을 살펴봅니다. 어휘, 속담, 고사성어, 문법, 독서의 방법 등 독해에 꼭 필요한 내용을 재미있는 만화를 통해 익히고, 간단한 문제로 확인해 봅니다.

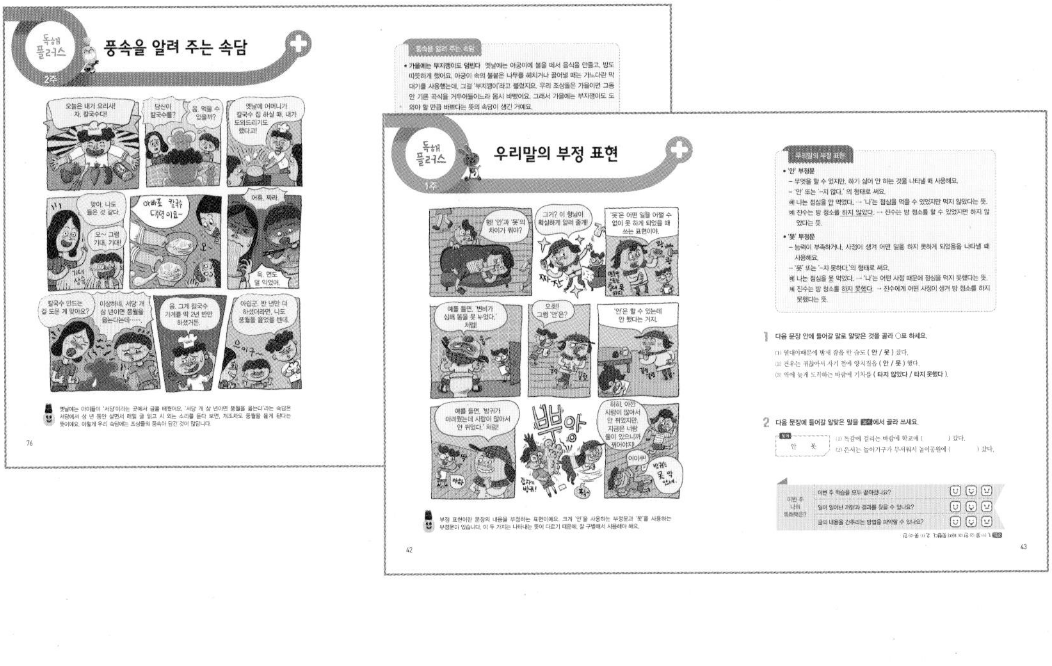

세 마리 토끼 잡는 초등 독해력 이렇게 공부해요

1 매일매일 꾸준히 공부해요

〈세 마리 토끼 잡는 초등 독해력〉은 매일 6쪽씩 꾸준히 공부하는 책이에요. 재미있는 개념 활동으로 시작해서 학교 시험에 도움되는 실전 문제에 이르기까지 지루하지 않게 공부할 수 있지요. 공부가 끝나면 '○주 ○일 학습 끝!' 붙임 딱지를 붙여 보세요.

2 지문에 실린 책이나 교과서를 찾아 읽어 보아요

하루 공부를 마치고 나면, 본문 지문에 나온 책이나 교과서를 찾아 읽어 보세요. 본문에는 책의 전권을 싣기 힘들기 때문에 가장 대표적인 부분을 발췌했기 때문이지요. 본문을 읽다 보면 뒷이야기가 궁금해지거나 교과 내용이 궁금해져서 자연스럽게 찾아 읽게 될 거예요. 이 과정을 거듭하다 보면 독해 능력자가 될 수 있답니다.

3 지문에 실린 모르는 내용을 사전이나 인터넷을 찾아 읽어 보아요

독해 지문이 술술 읽히지 않는다면 낱말이나 문장을 이해하지 못하는 것입니다. 모르는 낱말이나 어구, 관용 표현 등을 국어사전으로 찾아보고, 비슷한말로 바꾸어 보며 내용을 온전히 자신의 것으로 만들어 보세요. 그리고 더 알고 싶은 것은 책이나 인터넷 백과사전을 검색하며 깊이 있게 공부해 보세요.

한 주 학습표

월	화	수	목	금	토
매일 6쪽씩 학습하고, '○주 ○일 학습 끝!' 붙임 딱지 붙이기					주요 내용 복습하기

세 마리 토끼 잡는

초등 독해력

D1
초등 4-1

주	일차	유형	독해 주제	교과 연계 내용
1주	1	PART1 (사실 독해)	시에 대한 생각이나 느낌이 다른 까닭 알기	[국어 4-1] 시에 대한 생각과 느낌을 나누며 읽기
	2		일이 일어난 까닭과 결과 알기	[국어 4-1] 그림의 순서를 정해 이야기 꾸미기
	3		자료를 읽고 간추리기	[사회 3-2] 자연에서 얻은 도구를 사용하던 옛날의 생활 모습 알기
	4		글의 내용을 간추리는 방법 알기	[과학 4-2] 빛의 직진과 빛의 반사 알기
	5		사실과 의견 구별하기	[도덕 3학년] 생명을 소중히 해야 하는 이유 알기
2주	6	PART2 (추론 독해)	이야기의 흐름에 따라 내용 간추리기	[국어 4-1] 시간과 장소의 변화에 따라 이야기 간추리기
	7		사건의 흐름을 파악하며 이야기 읽기	[도덕 4학년] 협동하는 생활 실천하기
	8		이야기의 주제 알기	[도덕 4학년] 참된 아름다움 알기
	9		글의 전개 과정에 따라 내용 간추리기	[도덕 3학년] 생명을 소중히 해야 하는 이유 알기
	10		읽는 사람에게 생각을 전하는 글 읽기	[도덕 3학년] 최선을 다하는 삶의 중요성 알기
3주	11		기사문 읽기	[사회 4-2] 문화유산을 보호하려는 노력 알기
	12		회의 자료에서 알맞은 의견 찾기	[국어 4-1] 회의 주제에 맞게 말할 내용 쓰기
	13		낱말의 뜻을 짐작하며 글 읽기	[미술 4학년] 작품 속에서 상상의 세계 찾기
	14		제안하는 글 읽기	[도덕 5학년] 인권의 의미와 인권 존중의 중요성 알기
	15		인물의 삶을 다룬 글 읽기	[사회 4-2] 문화유산을 보호하려는 노력 알기
4주	16	PART3 (문제해결 독해)	시에 대한 생각이나 느낌 표현하기	[국어 4-1] 시에 대한 생각이나 느낌을 다양하게 표현하기
	17		이야기를 읽고 생각이나 느낌 표현하기	[국어 4-1] 이야기에 대한 생각이나 느낌 나누기
	18		인물의 말이나 행동에 대한 의견 표현하기	[국어 4-1] 인물에 대한 자신의 생각이나 느낌 표현하기
	19		사실에 대한 자신의 의견 표현하기	[사회 4-1] 문화유산을 조사하는 방법 알기
	20		이야기에 이어질 내용 상상하기	[국어 4-1] 이어질 내용 상상해서 쓰기

PART 1

사실 독해

글에 드러난 정보를 찾아보고 이를 바탕으로 중심 내용과 주제,
글의 구조와 전개 방식 등을 파악하며 읽는 방법을 배워요.

contents

01

1주

시에 대한 생각이나 느낌이 다른 까닭 알기

★ 시를 읽고 친구들이 자신의 생각이나 느낌을 표현했어요. 시를 읽은 생각이나 느낌을 알맞게 말한 친구를 <u>모두</u> 골라 ○표 하세요.

새는 새는 나무에 자고
쥐는 쥐는 구멍에 자고
소는 소는 마구간에 자고
닭은 닭은 홰에서 자고

돌에 붙은 굴 전복아
나무에 붙은 솔방울아
나는 나는 어디 잘꼬
우리 엄마 품에 자지.

홰 닭장 속에 닭이 올라앉게 가로질러 놓은 나무 막대.

(1) 시를 읽으니 따뜻한 엄마 품이 떠올라서 기분이 좋았어.

(2) 나를 사랑해 주시는 부모님의 모습이 떠올라서 코끝이 찡했어.

(3) 동물들마다 잘 곳이 따로 있어서 다행이라고 생각했어.

주제 탐구

시는 대상에 대해 말하는 이가 가진 생각이나 느낌을 표현한 것입니다. 그런데 시에 대한 생각이나 느낌이 사람마다 다른 까닭은 일에 대한 경험이 다르기 때문입니다. 그래서 사람마다 재미를 느끼는 부분도 다른 것입니다.

1 다음 그림을 보고 드는 생각이나 느낌으로 알맞은 것을 <u>모두</u> 골라 ○표 하세요.

고흐, 「룰랭 부인과 아기」

(1) 편안한 느낌이 든다. ( )

(2) 귀여운 느낌이 든다. ( )

(3) 시끄러운 느낌이 든다. ( )

(4) 사랑스러운 느낌이 든다. ( )

(5) 화가 난 듯한 느낌이 든다. ( )

2 〈문제 1번〉과 같은 생각이나 느낌이 든 까닭을 알맞게 말한 친구에 ○표 하세요.

(1) 아기가 누구인지 모르기 때문이야.

(2) 룰랭 부인이 누구인지 모르기 때문이야.

(3) 엄마와 아기를 본 경험이 사람마다 다르기 때문이야.

3 시나 그림에 대한 생각이나 느낌이 사람마다 다른 까닭을 설명하는 말을 보기에서 골라 빈칸에 쓰세요.

보기

경험 능력 이름 희망 생각 노력

• 사람마다 가진 ☐☐ 와/과 ☐☐ 이 다르기 때문이다.

유형 1 시의 내용 파악하기

바다를 엄마 아빠에 빗대어 표현한 시를 읽고 시의 내용을 파악하는 문제입니다.

1 ㉠이 뜻하는 것으로 알맞은 것에 ○표 하세요.

국어

바다

박필상

바다는 엄마처럼
가슴이 넓습니다.
온갖 물고기와
조개들을 품에 안고
㉠파도가
칭얼거려도
다독다독 달랩니다.

바다는 아빠처럼
못하는 게 없습니다.
시뻘건 아침 해를
번쩍 들어 올리시고
배들도
갈매기 떼도
둥실둥실 띄웁니다.

(1) 바다가 파도를 엄마처럼 품는다. ( )
(2) 아기는 바다가 칭얼거리는 꿈을 꾼다. ( )
(3) 아이가 칭얼거리는 것을 엄마가 달랜다. ( )

유형 2 시에 대한 생각이나 느낌 찾기

이 시에는 사계절이 이어지는 우리나라를 좋아하는 마음이 담겨 있습니다.

2 이 시에 대한 느낌으로 알맞지 않은 것은 무엇입니까? ( )

국어

우리나라 좋은 나라

김용택

우리나라는 좋은 나라입니다
겨울이 가면 새봄이 오고
여름이 가면 가을이 오고
가을이 가면 겨울이 오고
또 겨울이 가면
또 새봄이 오니까
우리나라는 좋은 나라입니다

① 즐거운 느낌 ② 활기찬 느낌 ③ 긍정적인 느낌
④ 안타까운 느낌 ⑤ 희망적인 느낌

3 ㉠은 말하는 이가 눈꽃 송이를 본 느낌을 표현한 것이에요. ㉠과 같은 경험으로 알맞지 않은 것은 무엇입니까? (   )

국어

눈꽃 송이

서덕출

송이송이 눈꽃 송이
하얀 꽃송이
하늘에서 피어 오는
하얀 꽃송이
나무에나 뜰 위에나
동구 밖에나
㉠골고루 나부끼니
보기도 좋네

송이송이 눈꽃 송이
하얀 꽃송이
하늘에서 피어 오는
하얀 꽃송이
크고 작은 오막집을
가리지 않고
골고루 나부끼니
보기도 좋네

① 연희: 눈이 오는 동네가 정말 아름다웠어.
② 재연: 눈송이가 꽃송이처럼 예쁘게 보였어.
③ 지혜: 눈이 골고루 온 길을 걸으니까 기분이 좋았어.
④ 민국: 눈이 하늘에서 내려 주는 선물 같다고 생각했어.
⑤ 종호: 지난 겨울에 오두막집에 가서 고기를 구워 먹은 적이 있어.

유형 3 시 속 인물의 경험과 나의 경험 비교하기
시 속 인물의 눈에 대한 경험을 살펴보고, 자신의 경험과 비교하여 생각이나 느낌을 알맞게 표현하는 문제입니다.

동구 동네 어귀.

★ 시에 대한 생각이나 느낌이 다른 까닭을 생각하며 읽어 보세요.

● **글의 종류** 동시

● **글의 특징** 이 시는 입에서 입으로 전해 오는 동시로 노래를 부르는 듯한 느낌을 줍니다. 작은 바늘 하나가 부모님을 생각하는 마음까지 재미있게 연결되었습니다.

● **중심 내용**
1연 길을 가다가 바늘 하나를 주웠음.
2~3연 바늘로 낚시 바늘을 만들어 잉어를 잡았음.
4~5연 잡은 잉어를 큰 솥에 끓여 부모님께 드렸음.
6연 부모님이 오래 사시길 바람.

● **낱말 풀이**
굽혔지 구부렸지.
고았지 끓였지.

바늘 하나 주웠네

길로 길로 가다가
바늘 하나 주웠네.

주운 바늘 뭣할꼬?
㉠낚시 하나 굽혔지.

굽힌 낚시 뭣할꼬?
잉어 한 마리 낚았지.

낚은 잉어 뭣할꼬?
큰 솥에다 고았지.

고은 잉어 뭣할꼬?
우리 부모 드리지.

우리 부모 드시고
오래오래 사시지.

지문 ★★☆

낱말 ★★☆

1주 1일 학습 끝!

붙임 딱지 붙여요.

1 이해 **시에서 말하는 이의 중심 생각이 드러난 연은 무엇입니까? (　　　)**

① 1연　② 2연　③ 3연
④ 4연　⑤ 6연

2 어휘 **㉠의 뜻을 가장 알맞게 설명한 것은 무엇입니까? (　　　)**

① 낚싯대를 구부렸다.　② 낚싯대로 잉어를 잡았다.
③ 바늘로 낚싯대를 만들었다.　④ 낚싯대를 반으로 접었다.
⑤ 바늘을 구부려 낚시 바늘을 만들었다.

3 이해 **시를 읽는 사람에게 궁금한 생각이 느낌을 일으키기 위해 글쓴이가 사용한 표현을 보기 에서 골라 쓰세요.**

보기			
뭣할꼬?	낚았지.	드리지.	사시지.

(　　　　　　)

4 비판 **이 시를 읽고 난 생각이나 느낌을 알맞게 말한 것을 모두 고르세요. (　　　　)**

① 지수: 나도 잉어를 먹고 힘이 세지고 싶어.
② 종현: 나도 부모님이 늘 건강하셨으면 좋겠어.
③ 민호: 낚시를 해서 잉어를 잡는다는 것은 거짓이야.
④ 미연: 맛있는 것이 생기면 나도 부모님께 드리고 싶어.
⑤ 연철: 바늘로 낚시 바늘을 만들다니 기술이 좋은 것 같아.

일이 일어난 까닭과 결과 알기

★ 친구들이 『레 미제라블』에 나온 일을 까닭과 결과로 나누었어요. 사다리 타기를 하며 서로 어울리는 까닭과 결과를 찾아보세요.

주제 탐구

이야기를 이해하기 위해서는 일이 일어난 까닭과 결과를 알아야 합니다. 일이 일어난 까닭이나 결과를 찾으며 읽으면 인물의 마음을 알 수 있습니다. 또 까닭과 결과를 살펴보면 일이 일어난 순서나 차례를 정리할 수 있습니다.

1 이 글에서 장 발장이 빵을 훔친 까닭을 모두 골라 ○표 하세요.

달빛이 밝은 밤에 장 발장은 터덜터덜 시장으로 갔어요. 그때, 어디선가 고소한 빵 냄새가 솔솔 풍겨 왔어요. 장 발장은 빵집 앞에 멈추었어요.

진열장 안에는 먹음직스러운 빵이 수북이 쌓여 있었어요.

"저 빵 한 덩이만 있으면 조카들을 먹일 수 있을 텐데……."

장발장은 눈앞에 굶주린 조카들의 얼굴이 아른거렸지만 돈이 한 푼도 없었어요.

그 순간 장 발장의 눈빛이 빛났어요. 그는 재빨리 유리창을 깨고 진열장에 손을 넣어 빵 한 덩이를 훔치고 말았어요.

"도둑이야, 도둑 잡아라!"

빵집 주인이 소리치자 장 발장은 어둠 속으로 도망쳤어요. 얼마 뒤 장 발장은 주인에게 붙잡혀서 감옥으로 갔어요.

빅토르 위고, 『레 미제라블』

(1) 달빛이 밝아서 (　　　)

(2) 빵집이 열려 있어서 (　　　)

(3) 돈이 한 푼도 없어서 (　　　)

(4) 조카들의 얼굴이 아른거려서 (　　　)

2 다음 이야기의 내용을 살펴보고 빈칸에 들어갈 이어 주는 말을 보기 에서 골라 쓰세요.

보기

그래서　　그런데　　그러나　　왜냐하면

(1) 장 발장이 빵집 앞에 멈추었어요. [　　　] 장 발장이 고소한 빵 냄새를 맡았기 때문이에요.

(2) 장 발장이 빵을 훔쳤어요. [　　　] 장 발장은 굶주린 조카들이 있었지만 돈이 없었기 때문이에요.

(3) 장 발장이 훔친 빵을 가지고 도망쳤어요. [　　　] 장 발장은 빵집 주인에게 붙잡혔어요.

유형 1 이야기 속 사건 파악하기

이야기 속 인물에게 일어난 일을 파악하는 문제입니다.

1 이 이야기에서 플로렌스에게 일어난 일은 무엇입니까? (   )

국어

어느 추운 겨울, 플로렌스는 소리가 나는 쪽으로 달려갔어요. 숲에는 이웃집 개가 여우 덫에 걸려서 발버둥 치고 있었어요.

"가엾어라. 얼마나 아플까?"

플로렌스가 개를 향해 다가가자 목사님이 플로렌스를 막았어요.

"안 돼, 플로렌스! 가까이 가면 위험해!"

하지만 플로렌스는 덫에 걸린 개의 다리에서 흐르는 피를 보고 가만히 있을 수 없었어요. 플로렌스는 위험을 무릅쓰고 개에게 다가가 덫에서 다리를 풀고, 자신의 손수건으로 꽁꽁 싸매 주었어요.

① 덫에 걸렸다.
② 개와 함께 덫에 걸렸다.
③ 목사님께 꾸중을 들었다.
④ 위험을 무릅쓰고 다친 개를 도왔다.
⑤ 다친 다리를 손수건으로 싸맸다.

유형 2 일이 일어난 까닭 찾기

이 글의 앞뒤 관계를 살펴서 앨리스의 몸이 작아진 까닭을 찾는 문제입니다.

2 ㉠~㉤ 중 앨리스의 몸이 작아진 까닭을 찾아 기호를 쓰세요. (   )

국어

㉠앨리스의 몸이 점점 커져서 머리가 천장에 닿았습니다. 그때 ㉡흰 토끼가 방에 들어왔습니다. ㉢토끼는 흰 가죽 장갑과 큰 부채를 들고 있었습니다.

"토끼야, 나를 좀 도와주겠니?"

그러나 토끼는 아무 대답도 하지 않고, 무엇이 그리 급한지 장갑과 부채만 내던지고 달아나 버렸습니다. ㉣앨리스는 갑자기 더워졌습니다. ㉤그래서 토끼가 버리고 간 부채를 집어 들고 부채질을 했습니다.

"어, 몸이 점점 작아지네!"

부채질을 할수록 앨리스의 몸은 더 작아졌습니다.

루이스 캐럴, 『이상한 나라의 앨리스』

3 ㉠의 까닭이 되는 사건에 대해 알맞게 말한 친구에 ○표 하세요.

국어

어느 마을에 두 아들 그리고 아내와 행복하게 사는 한 남자가 있었다.

날씨가 좋은 날이면 남자는 호수에서 가족과 함께 보트 타기를 좋아했다. 보트는 이 가족에게 행복을 주는 소중한 보물인 셈이었다.

그런데 가을이 되어 날이 추워지자 더 이상 보트를 탈 수 없었다. 남자는 보트를 잘 간수하기 위해 호수에서 끌어올렸다. 그런데 그만 잘못하여 보트 바닥에 구멍을 내고 말았다.

"이런, 구멍이 생겼으니 물이 새겠는걸."

큰 구멍은 아니지만 고치지 않으면 위험할 것이 뻔했다.

"겨울에는 사용하지 않을 거니까 내년 봄에 고쳐야겠군."

남자는 무심코 보트를 창고에 그냥 두었다.

그러던 어느 날, 마을에 사는 칠장이가 찾아와 일거리를 부탁했다. 남자는 보트에 구멍이 난 것도 잊은 채 칠장이에게 보트를 새로 칠해 달라고 했다. 칠을 하고 나니 보트는 새것처럼 산뜻해 보였다.

다시 봄이 되자 두 아들은 아빠에게 보트를 타겠다고 졸라 댔다. 남자는 두 시간만 타고 오라고 허락을 했다. 그런데 아들들은 두 시간이 지나도 오지 않았다. 그제야 남자는 보트에 난 구멍이 생각났다.

"앗, 이럴 수가! 아이들이……."

남자는 아들들을 찾아 맨발로 호수로 달려갔다. 마음속으로는 아들들이 제발 무사하기만을 바랐다. ㉠호숫가에 도착한 남자는 겨우 안도의 숨을 내쉬었다. 아들들이 웃으며 놀고 있는 것이었다.

남자는 가슴을 쓸어내리며 보트의 바닥을 살펴보았다. 그곳은 나무를 덧대어 꼼꼼하게 수리되어 있었다. 지난겨울 칠장이가 새롭게 칠만 한 것이 아니라 뚫린 구멍도 수리해 놓은 것이었다.

『탈무드』

(1) 아빠가 보트를 미리 수리해 놓아서 아들들이 안전할 수 있었어.

(2) 칠장이가 색을 잘 칠해서 아들들이 안전하게 놀 수 있었어.

(3) 칠장이가 칠을 하면서 구멍도 고쳐 놓아서 아들들이 안전할 수 있었어.

유형 3 일의 까닭이 되는 사건 찾기

일어난 일(결과)의 까닭이 되는 사건을 찾는 문제입니다.

보트 노를 젓거나 모터에 의하여 나아가는 서양식의 작은 배.

칠장이 칠하는 일을 직업으로 삼는 사람.

● **글의 종류** 이야기(동화)

● **글의 특징** 이 글은 이스라엘에 전해 오는 옛이야기입니다. 게으름뱅이들의 나라에서 일어난 일을 통해 게으름을 피우면 안 된다는 교훈을 줍니다.

● **낱말 풀이**
걸핏하면 조금이라도 무슨 일만 있으면.

먼 옛날 게으름뱅이들이 사는 나라가 있었어요.

게으름뱅이 나라에 사는 사람들은 일하는 것을 아주 싫어했어요. 그리고 모두 부자가 되고 싶어 했지요. 그래서 사람들은 날마다 어떻게 하면 ㉠하루아침에 부자가 될까만 고민했어요.

하루아침에 부자가 되고 싶어 하는 것은 백성만이 아니었어요. 게으름뱅이 나라의 왕도 마찬가지였지요.

그래서 왕은 백성들에게 땅을 파서 금덩이를 찾으라고 했어요.

"금덩이만 캐면 아무도 일하지 않고 놀고먹는 나라를 만들 수 있다. 그러니 어서 가서 금덩이를 캐 오거라!"

왕의 명령을 듣고 사람들은 이곳저곳에서 금덩이를 캐기 위해 땅을 파고 또 팠어요. 백성들의 땅파기는 오래도록 이어졌지요. 하지만 어디에도 금덩이는 없었어요.

몇 년이 지나자 백성들은 힘이 없어지고 금덩이가 없다는 것에 크게 실망했어요. 그런데 백성들보다 더 실망한 것은 왕이었지요.

"어떻게 이 많은 백성 중에 한 사람도 금덩이를 캐지 못한단 말이냐!"

왕은 백성들 앞에서 화를 내며 소리쳤어요. ㉡그 뒤 왕은 잔뜩 찌푸린 얼굴을 하고 걸핏하면 벌컥벌컥 화를 냈어요. 그리고 조금이라도 실수를 하는 신하나 백성을 보면 바로 감옥에 가두고 못살게 굴었지요.

게으름뱅이 나라는 이제 게으를 자유도 없는 무서운 곳이 되었답니다.

지문 ★★☆

낱말 ★★★

1주 2일 학습 끝!

붙임 딱지 붙여요.

1 구조

다음 내용들이 까닭과 결과의 관계가 되도록 보기 에서 이어 주는 말을 골라 빈칸에 쓰세요.

보기

그래서 그런데 왜냐하면 하지만

(1) 왕은 부자가 되고 싶었다. (   ) 백성들에게 금을 캐라고 했다.

(2) 왕은 백성들에게 금을 캐라고 했다. (   ) 왕이 부자가 되고 싶었기 때문이다.

2 어휘

㉠이 뜻하는 것은 무엇입니까? (   )

① 하루 24시간
② 매우 긴 시간
③ 오전 12시까지
④ 단 하루의 시간
⑤ 아주 짧은 시간

3 이해

㉡의 까닭이 되는 사건은 무엇입니까? (   )

① 백성들이 왕을 원망한 일
② 몇 년 동안 백성들이 땅만 판 일
③ 백성들이 땅을 열심히 파지 않은 일
④ 백성들이 땅에서 금덩이를 캐지 못한 일
⑤ 백성들이 게으름을 피우며 부자가 되고 싶어 한 일

4 비판

이 글을 읽고 난 생각이나 느낌으로 알맞지 <u>않은</u> 친구에 ○표 하세요.

(1) 일도 안 하고 부자 될 생각만 하다니, 왕과 백성은 모두 어리석은 사람들이야.

(2) 게으름뱅이 나라 사람들은 금보다 다이아몬드가 더 귀한 것을 모르는군!

(3) 왕은 백성을 위해 일해야 하는데, 게으름뱅이 나라의 왕은 왕 자격이 없어.

03 자료를 읽고 간추리기

1주

★ 두 자료 중 읽는 이가 이해하기 쉽게 주제를 전달하는 것에 ○표 하세요.

(1)

① 

반려견 목줄을 하자.

② 

(2)

① 산에는 나무가 많아서 특히 더 불조심을 해야 해요. 산불이 나면 큰 피해를 입게 되기 때문입니다.

산불을 조심하자.

② 산불 조심

주제 탐구

정보를 전달하는 글에는 도표와 그림 자료가 쓰이기도 합니다. 이때 제시된 도표나 그림 자료를 잘 이해해야 글의 내용을 잘 이해할 수 있습니다. 자료가 포함된 글에서 중요한 내용을 찾아 글의 내용을 간추려 봅니다.

1 다음 안내문의 내용을 간추려 생각 그물의 빈칸을 채워 보세요.

이 도자기는 '청자 상감 운학문 매병'이다. 고려 시대에 만들어졌는데, 흙으로 모양을 만들고 유약을 발라 구워서 푸른빛을 냈다. 도자기의 표면에는 구름과 학의 무늬가 가득 그려져 있는데 그림을 날카로운 도구로 파고 파인 곳에 다른 색의 흙을 채워 완성했다. 이런 기법을 상감 기법이라고 한다. 고려청자는 세련되고 우아해서 당시 다른 나라에도 많이 수출했다. 고려청자는 고려 시대의 귀족 문화를 대표하는 문화재이다.

이름 — (1) (   )

만들어진 시대 — (2) (   )

만든 기법 — (3) (   )

무늬 — (4) (   )

의의 — 고려 시대의 귀족 문화를 대표하는 문화재

특징 — (5) (   )

유형 1 간추릴 내용 파악하기

자료에 나타난 내용 중에서 중요한 정보를 정확하게 파악하는 문제입니다.

코스 어떤 목적에 따라 정하여진 길.
울 양털로 짠 옷감.

1 이 글을 간추릴 때 필요한 내용으로 알맞은 것에 ○표 하세요.

국어

세탁기를 사용하려면 먼저 세탁기의 플러그가 콘센트에 잘 꽂혀 있는지 확인합니다. 이때 물 묻은 손으로 플러그를 만지지 않도록 합니다.

세탁기에 빨래를 넣고 전원 버튼을 눌러서 전원을 켭니다. 불이 들어오면 세탁 코스를 선택합니다. 일반적인 빨래일 때에는 표준 코스를, 빨래를 빨리 끝내고 싶을 때에는 쾌속 코스를, 울 소재의 옷을 빨 때에는 울 코스를, 이불을 빨 때에는 이불 코스를 선택하는 것이 좋습니다. 세탁 코스를 선택하고 나면 빨래 양에 따라 물 높이를 정합니다. 빨래 양이 많을 때에는 물 높이를 '고'로 선택하고, 보통일 때에는 '중', 적을 때에는 '소'를 각각 선택하면 됩니다. 세탁 코스와 물 높이 선택이 끝나면 세제 통에 세제를 넣어 줍니다. 그다음 동작 버튼을 눌러 세탁기를 작동시킵니다.

(1) 물 높이는 세제 양에 따라 조정한다. (　　)
(2) 세탁기에 빨래를 넣고 전원 버튼을 켠다. (　　)
(3) 옷감과 세탁 시간에 관계없이 작동시킨다. (　　)

유형 2 글의 중심 내용 찾기

정보를 주는 자료에서 중요한 내용을 찾는 문제입니다. 어떤 목적으로 쓰인 글인지 따져서 중요한 내용을 찾아봅니다.

2 이 글에서 알리고자 하는 가장 중요한 내용은 무엇입니까? (　　)

국어

입주민 여러분 안녕하십니까? 하루하루 날씨가 따뜻해지니 봄이 오는 것이 느껴지는 요즘입니다. 하지만 여전히 아침저녁으로는 날이 쌀쌀하니 감기에 조심하시기 바랍니다.

알려 드릴 말씀은 우리 아파트 수도관 공사로 인해 목요일 오전부터 수돗물을 사용하실 수 없습니다. 목요일 오전 9시부터 12시까지 수돗물이 나오지 않을 예정이니 미리 물을 받아 두시기 바랍니다.

① 봄이 오고 있다.
② 감기를 조심해야 한다.
③ 이웃끼리 인사를 잘해야 한다.
④ 우리 아파트에서 수도관 공사를 한다.
⑤ 목요일 오전 9시부터 12시까지 수돗물을 사용할 수 없다.

3 다음 중 이 글을 알맞게 간추린 것은 무엇입니까? (　　　)

사회

새로운 한 주가 시작되는 월요일의 날씨입니다. 지금 현재 전국적으로 비가 오고 있습니다. 구름이 잔뜩 낀 대구와 부산, 제주, 백령도를 제외하고 전국에 비가 오는 상황입니다. 외출하실 때 우산을 꼭 챙기셔야겠습니다. 그리고 챙겨 나간 우산은 잘 챙겨 오는 데도 신경 써야겠습니다. 현재 내리는 비는 오후가 되면 모두 그칠 전망이기 때문입니다.

현재 시각 서울의 기온은 섭씨 17도입니다. 대구가 22도, 광주가 22도, 부산이 23도인데, 기온은 오후가 되면서 큰 폭으로 오를 예정입니다. 낮 최고 기온은 서울 26도, 대전 27도, 전주 28도, 부산 27도로 높아서 덥겠습니다. 비도 오고, 일교차가 큰 날씨이니 감기에 걸리지 않게 건강에 유의하셔야겠습니다.

① 감기에 걸리기 쉬운 날씨이다.
② 하루 종일 비가 오니 우산을 챙기자.
③ 일교차가 크고, 비는 하루 종일 내린다.
④ 비가 계속 내리고 일교차가 크기 때문에 감기에 걸릴 날씨다.
⑤ 내리던 비가 오후에 그치며 낮에는 기온이 올라 일교차가 크다.

유형 3 글의 내용 간추리기

글에 나타난 중요한 내용을 찾아 간추린 것을 찾는 문제입니다. 월요일의 날씨와 기온은 어떠한지 파악합니다.

섭씨 온도 단위의 하나로, 얼음이 녹는 온도와 물이 끓는 온도 사이를 100등분 한 단위.

★ 자료를 읽고 간추리는 방법을 생각하며 글을 읽어 보세요.

●**글의 종류** 설명문

●**글의 특징** 빗살무늬 토기가 만들어진 시대, 모양, 쓰임, 만드는 방법 등에 대해 설명하고 있습니다.

●**중심 내용**
㈎ 빗살무늬 토기는 신석기 시대를 대표하는 유물임.
㈏ 빗살무늬 토기의 생김새는 길쭉하고 바닥이 둥근 것이 특징임.
㈐ 빗살무늬 토기의 쓰임은 다양했는데, 농작물을 보관하거나 음식을 끓이는 데 쓰였음.
㈑ 빗살무늬 토기는 흙을 빚은 후 불에 구워서 만들었음.
㈒ 빗살무늬 토기의 무늬는 날카로운 물건으로 찍거나 그어 만듦.
㈓ 학자들은 흙을 구울 때 갈라지는 것을 막으려고 빗살무늬 모양을 만들었을 것이라고 보고 있음.

●**낱말 풀이**
유물 조상이 남긴 물건.
발굴된 땅속에 묻혀 있던 것이 발견되어 파내진.
용도 쓰이는 곳.
표면 사물의 가장 바깥쪽.
예측한다 미리 헤아려 짐작한다.

지문 ★★☆

낱말 ★★★

㈎ ㉠빗살무늬 토기는 신석기 시대를 대표하는 유물이다. 빗살무늬 토기라는 이름은 그릇 표면에 빗살같이 길게 이어진 무늬 때문에 붙여진 것이다. 빗살무늬 토기가 주로 발굴된 곳은 한반도 중서부 지방으로 이 지역에서 많이 사용했음을 알 수 있다.

㈏ ㉡빗살무늬 토기는 길쭉하고 바닥이 둥근 생김새가 특징이다. 바닥이 길쭉하고 둥글기 때문에 편평한 바닥에 세우기 힘들었을 것으로 보이지만, 당시의 생활 환경에서는 아무 문제가 되지 않았다. 신석기 시대의 사람들은 흙이나 모래밭에서 살았기 때문에 빗살무늬 토기를 흙에 묻어 더 안정감 있게 세울 수 있었다.

㈐ ㉢신석기 시대에 토기의 쓰임은 매우 다양했다. 농사를 짓고 추수한 곡물을 담아 둘 도구가 많이 필요했던 것이다. 밭에서 농작물을 따서 토기에 담아 오기도 하고, 먹고 남은 농작물을 토기에 담아 보관하는 등 음식을 준비하고 저장하는 용도로 사용되었다. 그리고 농작물을 쪄 먹거나 음식을 끓이는 용도로도 쓰였다.

㈑ 빗살무늬 토기는 흙을 빚어서 만들었다. 필요할 때마다 흙으로 토기를 만들고 불에 구워 완성했다. 토기는 처음에는 무늬 없이 단순하게 만들다가 시간이 지나면서 표면에 무늬를 새기게 되었다. ㉣그것이 바로 빗살무늬인 것이다.

㈒ ㉤빗살무늬 토기는 토기에 생선뼈처럼 날카로운 물건으로 콕콕 찍거나 줄을 그어 모양을 냈다. 빗살무늬 토기의 표면을 자세히 보면 비스듬한 선을 엇갈려서 그려 넣기도 하고, 콕콕 점을 찍은 듯한 모양을 넣기도 하였다.

㈓ 사람들은 빗살무늬가 인간이 가진 아름다움에 대한 욕구가 표현된 것이라고 예측한다. 하지만 많은 학자들은 흙을 구울 때 갈라지는 것을 막기 위해 이런 모양을 만들었을 것이라고 보기도 한다.

1주 3일
학습 끝!

붙임 딱지 붙여요.

1 이해

이 글에서 설명하는 대상을 찾아 쓰세요.

( )

2 이해

이 글의 내용으로 알맞지 않은 것은 무엇입니까? ( )

① 빗살무늬 토기는 흙을 빚어 만들었다.
② 빗살무늬 토기는 신석기 시대를 대표한다.
③ 빗살무늬 토기는 농작물을 담고 보관할 때 쓰였다.
④ 빗살무늬 토기의 생김새는 길쭉하고 바닥이 편평하다.
⑤ 빗살무늬 토기의 표면에는 엇갈린 선을 그리고 점을 찍어 넣었다.

3 구조

㉠~㉤ 중 내용을 간추릴 때 필요한 문장이 아닌 것의 기호를 쓰세요.

( )

4 추론

다음 내용을 그림 자료로 표현할 때 어울리는 그림을 선으로 이으세요.

(1) 빗살무늬 토기의 표면을 자세히 보면 비스듬한 선을 엇갈려서 그려 넣기도 하고, 콕콕 점을 찍은 듯한 모양을 넣기도 하였다. •

(2) 빗살무늬 토기를 흙에 묻어 더 안정감 있게 세울 수 있었다. •

① •

② •

04 글의 내용을 간추리는 방법 알기

1주

★ 투명 상자 속 문장 중에서 전체 내용을 대표하는 중심 문장을 찾아 ○표 하세요.

주제 탐구

글의 내용을 간추리기 위해서는 먼저 글을 읽고 전체적인 내용을 파악해야 합니다. 그리고 내용에 따라 문단을 나누고, 문단별 중심 문장을 찾습니다. 마지막으로 문단별 중심 문장을 연결하여 전체 글의 내용을 간추립니다.

1 (가)~(다)의 중심 문장을 찾아 각각 밑줄을 그으세요.

(가) 길이 열리면서 사람들의 교류는 더 활발해졌다. 차로 갈 수 있는 육로, 배를 타고 갈 수 있는 해로, 비행기가 이동하는 항로, 철도가 달리는 철로가 만들어지면서 교류가 늘어난 것이다.

(나) 그럼 교통수단이 발달하지 않았던 옛날에는 교류할 방법이 없었을까? 그렇지 않다. 중국에서 시작하여 파미르고원, 중앙아시아 초원, 이란 고원을 지나 지중해에 이르는, '비단길'이라고 불리는 길이 있었다. 비단길은 6,400킬로미터나 되는 아주 긴 길로, 멀리 떨어져 있던 동양과 서양을 이어 주었다.

(다) 이 길이 비단길로 불린 이유는 길에 비단이 깔려서가 아니다. 이 길을 통해 동양의 비단이 서양에 전해졌기 때문이다. 하지만 이 길을 통해 비단만 주고받은 것은 아니다. 비단길을 통해 도자기, 향신료, 금 등이 전해지고, 물건뿐 아니라 지식과 기술, 종교가 전달되었다. 비단길은 동서양의 문화, 경제 교류에 중요한 역할을 했다.

2 〈문제 1번〉에서 찾은 중심 문장으로 글의 내용을 간추렸어요. 빈칸에 알맞은 이어 주는 말을 보기 에서 골라 쓰세요.

보기

또한　　그리고　　그러나　　예를 들어　　그러므로

길이 열리면서 사람들의 교류는 더 활발해졌다. ( ) 비단길은 6,400킬로미터나 되는 아주 긴 길로, 멀리 떨어져 있던 동양과 서양을 이어 주었다. ( ) 비단길은 동서양의 문화, 경제 교류에 중요한 역할을 했다.

유형 1 세부 정보 확인하기

글에서 설명하는 내용을 찾는 문제입니다.

성벽 성곽의 벽.
국경 나라와 나라의 영역을 가르는 경계.

1 이 글의 내용으로 알맞지 <u>않은</u> 것은 무엇입니까? (　　　)

사회

만리장성은 길이가 약 6,437킬로미터나 되는 거대한 성벽이다. 이 긴 성벽은 기원전 3세기부터 오랜 시간에 걸쳐 완성되었다. 현재 남아 있는 것은 명나라 때 완성된 것이다.

만리장성을 쌓게 된 이유는 다른 민족의 침입을 막기 위해서였다. 고대 중국의 국경에는 고비 사막과 타클라마칸 사막이 있었다. 그리고 높은 히말라야산맥도 있었다. 하지만 사막과 산맥이 완전히 나라를 보호해 주지 못했다. 적의 침입으로 골머리를 앓던 중국은 높은 성을 쌓기 시작했고, 그 성이 결국 만리장성이 되었다.

① 만리장성은 명나라 때는 없었다.
② 만리장성은 오랜 세월에 걸쳐 완성되었다.
③ 만리장성의 길이는 약 6,437킬로미터이다.
④ 고대 중국의 국경에는 고비 사막이 있었다.
⑤ 만리장성은 다른 민족의 침입을 막기 위해 만들었다.

유형 2 문단별 중심 문장 찾기

각 문단에서 문단을 대표하는 중심 문장을 찾는 문제입니다.

2 ㈎, ㈏의 중심 문장을 찾아 각각 쓰세요.

과학

㈎ 바다 밑에서 지진이 발생하면 어떤 일이 일어날까? 바다 밑에서 지진이 발생하면 거대한 파도가 일어난다. 이것을 '지진 해일' 혹은 '쓰나미'라고 부른다. 바다에서 일어난 파도는 해안가까지 와서도 높이가 15미터나 될 정도로 높고 강하다.

㈏ 2004년 인도네시아의 수마트라섬 부근 바다 밑에서 지진이 일어나 스리랑카와 인도, 태국 등 주변 나라에 엄청난 피해를 입혔다. 높은 파도와 빠른 물살이 해안을 덮치면서 수만 명이 목숨을 잃고, 건물이 무너졌다. 쓰나미의 파괴력은 매우 크고 위험하다.

(1) ㈎ –

(2) ㈏ –

3 이 글의 내용을 알맞게 간추린 것은 어느 것입니까? (　　　)

미술

1874년 한 사진사의 제작실에서 전시회가 열렸습니다. 전시된 그림 중에는 모네가 그린 「인상, 해돋이」라는 그림이 있었습니다. 이 그림에는 해가 막 솟아오르는 순간의 모습이 담겨 있었습니다. 한 미술 평론가는 그림 제목과 그림을 보고 이런 그림을 그리는 화가를 '인상파'라고 불렀습니다.

이렇게 시작된 '인상파'는 한순간의 장면을 그림으로 그리는 화가들을 가리킵니다. 모네의 「인상, 해돋이」처럼 해가 떠오르는 그 순간의 모습을 순식간에 그리는 것입니다. 한순간의 장면을 놓치지 않고 그리기 위해 인상파 화가들은 그림을 빨리 그려야 합니다. 어떤 때는 물감을 섞을 시간도 없습니다. 그래서 바로 물감을 캔버스에 짜고 섞어서 그림을 그립니다. 물감을 섞는 사이에 자신이 본 장면이 바뀌어 버리기 전에 그림으로 그리기 위해서입니다.

이런 인상파 화가들이 주로 그린 것은 건초 더미, 기차 연기, 출렁이는 물 등 주변의 일상적인 모습들이었습니다. 하지만 당시 사람들은 인상파 화가들을 이해하지 못했습니다. 잘 정돈된 귀부인의 초상화나 멋진 자연 풍경만이 그림이 될 수 있다고 여겼기 때문입니다.

클로드 모네, 「인상, 해돋이」

① 한 사진가의 제작실에서 전시회가 열렸다.
② 모네의 「인상, 해돋이」는 인상파의 작품이다.
③ 모네는 해돋이를 보고 그림을 아주 빨리 그렸다.
④ 인상파 화가들은 물감을 섞지 않고 그림을 빨리 그렸다.
⑤ 모네의 「인상, 해돋이」에서 시작된 인상파는 일상적인 모습의 순간을 빠르게 그림으로 그렸다.

유형 3 글의 내용 간추리기

문단별 중심 문장을 찾고, 중심 문장을 연결하여 글의 내용을 간추리는 문제입니다.

캔버스 유화를 그리는 천.

★ 글의 내용을 간추리는 방법을 생각하며 읽어 보세요.

지문 ★★☆
낱말 ★★☆

● **글의 종류** 설명문

● **글의 특징** 빛의 성질을 설명하고, 그 성질을 이용하여 만든 렌즈와 물건들에 대해 설명했습니다.

● **중심 내용**
(가) 빛의 성질과 빛의 성질을 어떻게 이용하고 있는지 알아보기로 함.
(나) 빛은 속도가 매우 빠르다는 특징이 있음.
(다) 빛은 곧바로 나아가고 다른 물체를 만나면 방향을 바꾸는 성질이 있음.
(라) 빛에는 굴절하는 성질도 있음.
(마) 빛을 모으거나 분산하는 렌즈의 원리를 이용해 안경이나 현미경, 망원경을 만들어 사용함.

● **낱말 풀이**
직진 곧게 나아감.
반사 일정한 방향으로 나아가던 파동이 다른 물체의 표면에 부딪쳐서 나아가던 방향을 반대로 바꾸는 현상.
굴절 휘어서 꺾임.

(가) ㉠우리 주변에는 반짝이는 빛이 항상 존재합니다. 이 빛은 어떤 성질이 있을까요? 그리고 우리는 빛의 성질을 어떻게 이용하고 있을까요?

(나) ㉡먼저 빛은 이동 속도가 매우 빠르다는 특징을 가지고 있습니다. 1초에 30만 킬로미터를 이동합니다. 눈 깜짝하는 사이에 수십만 킬로미터를 이동하는 것입니다. 하지만 빛의 속도는 물속에서나 유리를 만나면 느려집니다.

(다) ㉢빛은 곧바로 나아가고 다른 물체를 만나면 방향을 바꾸는 성질이 있습니다. 이것을 빛의 직진과 반사라고 합니다. 이 성질을 이용해 만들어진 것이 거울입니다. 직진하던 빛이 거울을 만나면 반사되어 반대편으로 직진합니다. 그래서 거울을 통해 우리의 모습을 그대로 볼 수 있는 것입니다.

(라) ㉣물이 담긴 유리컵에 숟가락을 꽂아 두면 우리 눈에 휘어진 것처럼 보이는 성질이 있습니다. 이것이 바로 빛의 굴절입니다. 물속에서 빛의 이동 속도는 공기 중에서 75퍼센트로 줄어들기 때문입니다. 빛은 유리를 통과할 때는 물속에서보다 더 속도가 줄어듭니다. 그리고 펀펑한 유리가 아닐 경우 빛은 다른 각도로 직진하여 물체의 모양을 실제와 다르게 보이도록 만듭니다.

(마) ㉤이렇게 빛의 굴절을 이용해 빛을 모으거나 분산하기 위해 만든 것이 렌즈입니다. 렌즈는 모양에 따라 볼록 렌즈와 오목 렌즈로 나뉩니다. 볼록 렌즈는 가운데 부분이 볼록한 것으로 볼록 렌즈에 빛을 통과시키면 빛이 모아져서 가까이 있는 물체는 크게 보이고, 멀리 있는 물체는 거꾸로 보입니다. 오목 렌즈는 얇은 렌즈로 빛이 오목 렌즈를 지날 때면 빛이 퍼져 나갑니다. 그래서 가까이 있는 물체는 작아 보이고, 멀리 있는 물체는 더 작아 보입니다. 우리는 렌즈의 원리를 이용해 안경이나 현미경, 망원경을 만들어 사용합니다.

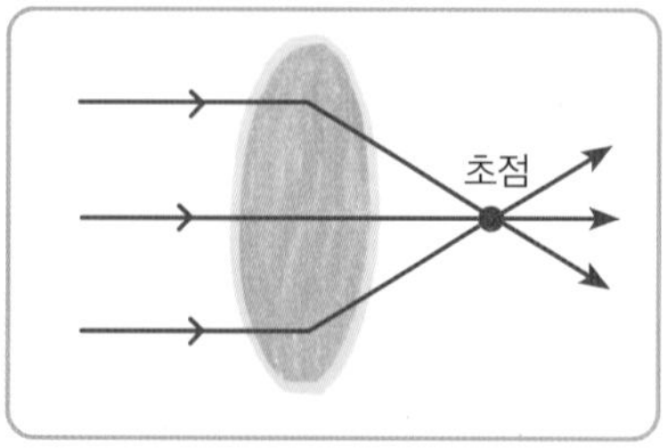

빛을 모으는 성질이 있는 볼록 렌즈

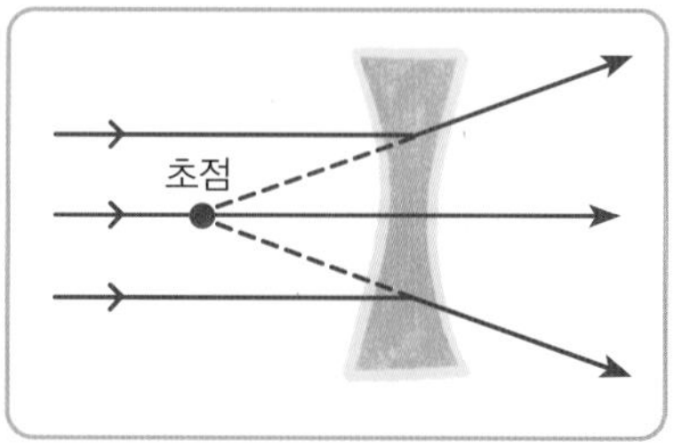

빛을 퍼지게 하는 성질이 있는 오목 렌즈

1 이해

㉠~㉤ 중 문단의 중심 문장을 모두 골라 기호를 쓰세요. (   )

1주 4일 학습 끝!

붙임 딱지 붙여요.

2 이해

㉣과 같은 현상이 나타나는 까닭은 무엇입니까? (   )

① 물이 빛을 통과하기 힘들기 때문이다.
② 공기가 빛을 통과하기 힘들기 때문이다.
③ 빛의 속도가 물을 통과할 때 느려지기 때문이다.
④ 빛의 속도가 유리를 통과할 때 느려지기 때문이다.
⑤ 빛의 속도가 공기를 통과할 때 느려지기 때문이다.

3 구조

다음 중 이 글의 내용을 알맞게 간추린 것은 무엇입니까? (   )

① 거울은 빛의 직진하는 성질로 만든 물건이다.
② 안경, 현미경, 망원경은 렌즈의 원리로 만드는 것이다.
③ 빛은 매우 빠르지만 물속과 유리를 통과할 때는 느려진다.
④ 숟가락이 물속에서 휘어 보이는 것은 빛이 굴절되었기 때문이다.
⑤ 빛에는 직진, 반사, 굴절의 성질이 있고, 이 성질을 이용하여 여러 물건을 만들어 사용한다.

4 이해

다음에서 설명하는 '이것'을 찾아 쓰세요. (   )

- 빛의 굴절을 이용해 만든 렌즈이다.
- 빛이 렌즈를 통과하면 빛이 퍼져 나간다.
- '이것'으로 보면 가까이 있는 물체는 작아 보이고, 멀리 있는 물체는 더 작아 보인다.

05 사실과 의견 구별하기

1주

★ 친구들이 들고 있는 풍선에 쓰인 문장을 읽어 보세요. 내용이 '사실'이면 '사'를, '의견'이면 '의'를 쓰세요.

주제 탐구

글에는 다양한 종류의 사실과 의견이 나옵니다. 사실은 현재에 있는 일이나 실제로 있었던 일이고, 의견은 그 일에 대한 생각을 뜻합니다. 사실과 의견을 구별하면 글에 나온 내용을 정확하게 이해할 수 있고, 사실에 대한 자신의 생각도 펼칠 수 있습니다.

1 다음 문장은 무엇에 대한 설명인지 보기 에서 알맞은 것을 골라 쓰세요.

보기

사실 의견

(1) ☐ : 실제로 있었던 일

(2) ☐ : 글쓴이의 생각이나 느낌

(3) ☐ : 글쓴이가 한 일, 본 일, 들은 일

(4) ☐ : 대상이나 일에 대해 가지는 생각

2 다음 내용이 사실인지 의견인지 구별하여 알맞은 것에 ○표 하세요.

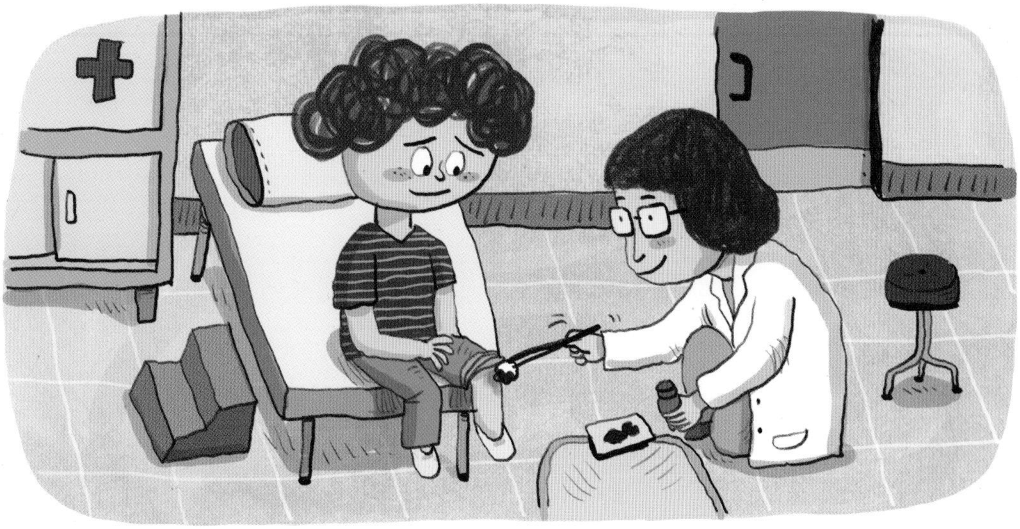

(1) 무릎에서 피가 났다. (사실 / 의견)

(2) 학교 가는 길에 넘어졌다. (사실 / 의견)

(3) 교실에 가방을 두고 보건실에 갔다. (사실 / 의견)

(4) 너무 아파서 빨리 달린 것을 후회했다. (사실 / 의견)

(5) 보건 선생님께서 잘 치료를 해 주셔서 고마웠다. (사실 / 의견)

유형 1 사실과 의견의 차이점 알기

글 속 나타난 것이 실제로 있었던 일인지, 일에 대한 생각인지 그 차이점을 구별하는 문제입니다.

1 도덕 **이 글에 나타난 사실과 의견을 설명한 것으로 알맞은 것을 <u>모두</u> 고르세요.** (　　　　　)

4교시 체육 시간에 5반과 축구 시합을 했다. 나도 우리 반 대표로 나가서 축구를 했다. 나는 달리기가 빠른 편이라 공격수를 하기로 하고, 순발력이 좋은 진수가 골키퍼를 맡았다.

전반전에는 우리 반과 5반 모두 골을 넣지 못했다. 팽팽한 경기였다. 하지만 후반전은 달랐다. 5반에 경수라는 아이가 후반전을 시작하고 얼마 지나지 않아 골을 넣었다. 나는 우리 반도 골을 넣어야 한다는 생각이 들자 마음이 급해졌다. 하지만 생각대로 되지 않았다. 우리는 5반에게 2대0으로 지고 말았다. 우리 반 친구들은 졌지만 잘했다고 서로를 위로했다. 사실 5반에는 축구 선수가 2명이나 있었기 때문이다.

나도 우리 반이 비록 졌지만 이긴 것이나 마찬가지라고 생각했다.

① 후반전에 골을 넣은 것은 글쓴이의 생각이므로 의견이다.
② 신수가 골키퍼를 맡은 것은 글쓴이의 생각이므로 사실이다.
③ 축구 시합을 2대0으로 진 것은 실제로 일어난 일이라 사실이다.
④ 4교시 체육 시간에 축구를 한 것은 실제 있었던 일이라 의견이다.
⑤ 경기에 지고도 이겼다고 여긴 것은 글쓴이의 생각이므로 의견이다.

유형 2 사실과 의견 구별하기

여러 문장 중에서 실제로 일어난 일과 그 일에 대한 생각을 가려 내는 문제입니다.

헥타르 미터법에 의한 넓이의 단위로, 1헥타르는 1만 제곱미터임.

2 사회 **㉠~㉤ 중 사실이 <u>아닌</u> 것은 무엇입니까?** (　　　)

국립 수목원

㉠<u>경기도 포천에는 국립 수목원이 있다</u>. 국립 수목원이 문을 연 것은 1987년이다. ㉡<u>당시 국립 수목원은 광릉 수목원이라고 불렸다</u>. ㉢<u>이곳에 조선 세조의 무덤인 광릉이 있기 때문이다</u>. 광릉은 왕의 무덤이기 때문에 옛날부터 사람들이 쉽게 드나들 수 없었다. ㉣<u>그래서 자연이 더 잘 보존된 것 같다</u>. 현재 국립 수목원에는 1,102헥타르의 자연림과 여러 전시관들이 있다고 한다. ㉤<u>수많은 동식물이 사는 국립 수목원을 유네스코에서 생물권 보존 지역으로 지정하였다</u>.

3 이 글에서 의견에 해당하는 것은 무엇입니까? (   )

과학

사람이 먹는 음식에는 다양한 영양소가 있다. 따라서 모든 음식을 골고루 먹는 것이 필요하다. 좋아하는 음식만 먹으면 영양소 부족으로 성장에 문제가 생길 수 있고, 건강을 해칠 위험이 있기 때문이다.

우리 몸에 꼭 필요한 영양소 다섯 가지를 꼽아 5대 영양소라고 부른다. 5대 영양소는 탄수화물, 단백질, 지방, 비타민, 무기질이다.

탄수화물은 우리 몸의 중요한 에너지원이 된다. 배고파서 힘이 없을 때가 있는데 이때 밥을 먹으면 기운이 난다. 밥이 탄수화물이기 때문에 힘이 생기는 것이다. 탄수화물은 밥뿐 아니라 빵, 과일 등 단맛이 나는 음식에 주로 들어 있다.

단백질은 우리 몸을 만드는 영양 성분이다. 우리 몸은 살과 뼈로 이루어져 있는데 이것을 만드는 주성분이 바로 단백질인 것이다. 성장기 어린이들이 더 잘 챙겨 먹어야 할 영양소라고 생각한다. 단백질이 많은 음식에는 고기와 달걀, 우유, 콩 등이 있다.

지방은 적은 양으로도 큰 열량을 내서 중요한 에너지원이 된다. 하지만 너무 많이 먹으면 비만의 원인이 되어 건강에 해롭다.

비타민은 우리 몸에 필요한 양이 아주 적은 영양소다. 하지만 부족할 때는 건강을 해치게 된다. 비타민은 사람이 생명 활동을 하거나 몸의 기능을 조절하는 데 큰 역할을 하기 때문이다.

무기질은 탄소, 산소, 질소, 수소를 제외한 나머지 원소 물질을 말한다. 칼슘, 염소, 마그네슘, 인, 칼륨, 나트륨 같은 무기질은 호르몬이 되거나 음식을 소화시키는 소화 효소가 된다.

① 탄수화물은 우리 몸의 중요한 에너지원이다.
② 음식을 골고루 먹어야 5대 영양소를 섭취할 수 있다.
③ 비타민은 우리 몸에 필요한 양이 아주 적은 영양소다.
④ 5대 영양소는 탄수화물, 단백질, 지방, 비타민, 무기질이다.
⑤ 단백질은 어린이들이 더 잘 챙겨 먹어야 할 영양소라고 생각한다.

유형 3 사실에 대한 생각 찾기

글에 나온 사실을 찾아 사실과 관련한 의견을 찾는 문제입니다. 문장이 변하지 않는 사실인지 사람에 따라 다른 생각인지 구별합니다.

영양소 성장을 하게 하고 살아가는 과정에 필요한, 에너지를 공급하는 영양분이 있는 물질.
에너지원 에너지의 근원.
열량 열에너지의 양. 단위는 칼로리로 표시함.

 ★ 사실과 의견을 구별하며 글을 읽어 보세요.

●**글의 종류** 기행문

●**글의 특징** 이 글은 우포늪을 여행하고 쓴 기행문으로, 우포늪 생태관, 우포늪 전망대, 우포늪 둘레길의 순서로 이동하며 보고 느낀 것을 글로 썼습니다.

●**낱말 풀이**
표본 본보기로 삼을 만한 것.

지문 ★☆☆
낱말 ★☆☆

㉠여행 둘째 날, 우리 가족이 간 곳은 우포늪이다. 나는 태어나서 처음으로 늪을 보는 것이라 기대가 많이 되었다. 아빠는 우포늪이 1억 4천만 년의 역사가 있다고 하셨다. 그러니까 공룡이 살던 시대부터 우포늪이 있었다는 말이다. 아빠의 말씀을 듣고 나니 우포늪이 더 궁금해졌다.

㉡본격적으로 우포늪을 보기 전 우리가 먼저 찾아간 곳은 우포늪 생태관이다. 우포늪 생태관에서는 우포늪의 과거와 현재, 늪에 사는 동식물 표본, 우포늪의 사계절 모습을 볼 수 있었다. ㉢전시물을 통해 우포늪이 얼마나 특별한 자연환경인지를 느꼈다.

생태관을 나와서 조금 가다 보니 계단이 나왔다. ㉣계단을 오르니 우포늪 전망대가 있었다. 나는 뛰어서 전망대로 갔다. 높은 곳에서 우포늪을 한눈에 내려다보고 싶었다. 우포늪 전망대에 오르니 초록 세상이 펼쳐졌다. ㉤우포늪에 푸른 물풀이 덮여 있어서 그 위를 만지면 포근할 것 같은 느낌이 들었다. 전망대에는 망원경도 있었다. 나는 망원경에 눈을 대고 우포늪의 모습을 구석구석까지 들여다봤다. ㉥간간이 늪 주위에 있는 새가 보였다. 늪에는 많은 동식물이 산다고 하더니 새의 종류도 다양한 듯했다.

전망대에서 내려와서는 우포늪 둘레길을 걸었다. 걸으면서 더 가까이에서 늪을 보기 위해서였다. 우포늪은 볼수록 신기한 느낌이 드는 곳이었다. 현재 우포늪은 생태계 특별 보호 구역으로 지정되어 있다. 나는 돌아오면서 우포늪뿐 아니라 소중한 자연을 아끼고 보호해야겠다는 생각을 했다.

붙임 딱지 붙여요.

1 이 글에서 글쓴이가 한 일이 아닌 것은 무엇입니까? (　　　)

이해

① 가족과 함께 우포늪에 갔다.
② 우포늪의 사계절 모습을 보았다.
③ 전망대의 망원경으로 새를 보았다.
④ 우포늪 생태관에서 동식물 표본을 보았다.
⑤ 우포늪을 돌아보고 자연을 보호해야겠다고 생각했다.

2 ㉠~㉤을 '사실'과 '의견'으로 구별하여 기호를 쓰세요.

이해

(1) 사실	(2) 의견

3 ㉥과 바꾸어 쓸 수 있는 낱말을 보기 에서 모두 찾아 쓰세요.

어휘

보기

때때로　　오전에　　점심에　　간혹　　항상

(　　　　　　　　　)

4 다음 중 글쓴이가 간 곳을 순서대로 정리한 것은 무엇입니까? (　　　)

구조

① 우포늪 물풀 – 우포늪 전망대 – 우포늪 생태관
② 우포늪 둘레길 – 우포늪 생태관 –우포늪 전망대
③ 우포늪 둘레길 – 우포늪 전망대 – 우포늪 생태관
④ 우포늪 생태관 – 우포늪 전망대 – 우포늪 둘레길
⑤ 우포늪 생태관 – 우포늪 둘레길 – 우포늪 전망대

우리말의 부정 표현

부정 표현이란 문장의 내용을 그렇지 않다고 단정하거나 옳지 않다고 반대하는 표현이에요. 크게 '안'을 사용하는 부정문과 '못'을 사용하는 부정문이 있지요. 이 두 가지는 나타내는 뜻이 다르기 때문에 잘 구별해서 사용해야 해요.

우리말의 부정 표현

- **'안' 부정문**

  '안' 또는 '-지 않다.'의 형태로 써서 무엇을 할 수 있지만, 하기 싫어 안 하는 것을 나타낼 때 사용해요.

  예 나는 점심을 안 먹었다. → '나'는 점심을 먹을 수 있었지만 먹지 않았다는 뜻.

  예 진수는 방 청소를 하지 않았다. → 진수는 방 청소를 할 수 있었지만 하지 않았다는 뜻.

- **'못' 부정문**

  '못' 또는 '-지 못하다.'의 형태로 써서 능력이 부족하거나 사정이 생겨 어떤 일을 하지 못하게 되었을 때 사용해요.

  예 나는 점심을 못 먹었다. → '나'는 어떤 사정 때문에 점심을 먹지 못했다는 뜻.

  예 진수는 방 청소를 하지 못했다. → 진수에게 어떤 사정이 생겨 방 청소를 하지 못했다는 뜻.

1 다음 문장에 들어갈 알맞은 말을 골라 ○표 하세요.

(1) 열대야 때문에 밤새 잠을 한 숨도 **(안 / 못)** 잤다.

(2) 건우는 귀찮아서 자기 전에 양치질을 **(안 / 못)** 했다.

(3) 역에 늦게 도착하는 바람에 기차를 **(타지 않았다 / 타지 못했다)**.

2 다음 문장에 들어갈 알맞은 말을 보기에서 골라 쓰세요.

보기
안 못

(1) 독감에 걸리는 바람에 학교에 (　　　　) 갔다.

(2) 은서는 놀이 기구가 무서워서 놀이공원에 (　　　　) 갔다.

이번 주 나의 독해력은?	
	이번 주 학습을 모두 끝마쳤나요?
	일이 일어난 까닭과 결과를 찾을 수 있나요?
	글의 내용을 간추리는 방법을 알 수 있나요?

정답 1. (1) 못 (2) 안 (3) 타지 못했다 2. (1) 못 (2) 안

PART 2

추론 독해

글에 숨겨진 정보를 짐작해 보고 생략된 내용이나 숨겨진 주제,
글을 쓴 목적을 찾아보며 읽어요.
그리고 글에 드러난 관점이나 글쓴이의 주장과 근거,
표현 방법 등을 비판하며 읽는 방법도 배워요.

contents

06 이야기의 흐름에 따라 내용 간추리기

2주

★ 이야기의 흐름에 따라 내용을 간추리려고 해요. 각 부분을 한 문장으로 간추리고, 이것을 연결하여 간추린 글을 완성해 보세요.

옛날 어느 마을에 사이좋은 형제가 살았다. 형은 식구가 많았고, 동생은 이제 막 결혼을 했다. 형제는 추수한 곡식을 자신들의 곳간에 쌓아 두었다.

어느 날 밤, 형은 동생을 생각해서 자신의 쌀가마를 동생의 곳간에 몰래 가져다 두었다. 동생도 형을 생각해서 자신의 쌀가마를 형의 곳간에 몰래 가져다 두었다.

그래서 형네 쌀도 동생네 쌀도 줄지 않았다.
"동생에게 가져다 주었는데 왜 쌀이 줄지 않았지?"
"형에게 가져다 주었는데 쌀이 그대로인걸?"
형과 동생은 서로 고개를 갸웃거렸다.

↓

옛날 어느 마을에 사이좋은 (1) (　　　　　) 이/가 살았다.

어느 날 밤에 형은 동생 몰래, 동생은 형 몰래 자신의 (2) (　　　　　)을/를 형제의 곳간에 가져다 두었다.

형과 동생은 서로 쌀이 (3) (　　　　　) 것을 이상하게 여겼다.

↓

옛날 어느 마을에 사이좋은 형제가 살았다. (4) (　　　　　) 밤에 형은 동생 몰래, 동생은 형 몰래 자신의 쌀가마를 곳간에 가져다 두었다. (5) (　　　　　) 형과 동생은 서로 쌀이 줄지 않은 것을 이상하게 여겼다.

주제 탐구

이야기는 시간과 장소의 변화에 따라 내용을 정리하여 간추릴 수 있습니다. 아침, 점심, 저녁 등 달라지는 시간 순서에 따라 사건을 정리한다거나, 장소의 변화에 맞춰 간추린 후에 간추린 문장을 잘 연결하여 전체 내용을 정리합니다.

● (1~2) 다음을 읽고 물음에 답하세요.

옛날 어느 마을에 사이좋은 형제가 살았다.

먼저 결혼한 형은 아들, 딸 여럿을 낳고 행복하게 살았다. 그리고 동생은 얼마 전에 결혼을 해서 이제 막 살림을 시작했다. 형제는 열심히 농사를 지어서 추수한 곡식을 각자의 곳간에 쌓아 두었다.

그러던 어느 날 밤에 형은 곳간에 쌓인 쌀가마를 보며 생각했다.

'아우는 이제 막 결혼을 했으니 나보다 쌀이 더 필요할 거야.'

형은 날이 어두워지자 쌀가마를 들고 몰래 동생네 곳간에 가져다 두었다.

이런 생각은 동생도 마찬가지였다.

'형은 식구가 많아서 나보다 쌀이 더 필요할 거야.'

동생도 몰래 자신의 쌀가마를 형네 곳간에 가져다 두었다.

그래서 형네 쌀도 동생네 쌀도 줄지 않았다.

"동생에게 가져다 주었는데 왜 쌀이 줄지 않았지?"

"형에게 가져다 주었는데 쌀이 그대로인걸?"

형과 동생은 서로 고개를 갸웃거렸다.

1 이야기의 흐름에 따라 내용을 간추릴 때 다음에 알맞은 것을 찾아 선으로 이으세요.

(1) 이 글의 주인공은 '누구'입니까? •	• ① 쌀가마
(2) 형과 동생이 서로에게 준 것은 '무엇'입니까? •	• ② 형과 동생이 서로 몰래 쌀가마를 가져다 두어서
(3) 형과 동생네 쌀은 '왜' 줄지 않았습니까? •	• ③ 사이좋은 형제

2 〈문제 1번〉처럼 내용을 간추릴 때 좋은 점에 모두 ○표 하세요.

(1) 중요한 내용이 무엇인지 쉽게 알 수 있다. ( )

(2) 중요한 내용을 빠뜨리는 일이 없어서 좋다. ( )

(3) 이야기의 내용을 더 재미있게 만들 수 있다. ( )

유형 1 시간의 흐름에 따른 이야기의 순서 알기

시간의 흐름에 따라 달라진 사건을 파악하는 문제입니다. '아침, 밤, 다음 날'과 같은 시간을 나타내는 말에 유의합니다.

1 다음 일이 일어난 때를 알려 주는 시간을 나타내는 말을 찾아 쓰세요.

국어

어느 마을에 평생 글만 읽고 산 가난한 선비가 있었어요. 어느 날 아침, 아내가 배고파 울고 있는 아들을 보며 말했어요.

"이러다가 큰일 나겠어요. 논에 서 있는 벼 이삭이라도 잘라 오구려."

"남의 논에 있는 벼 이삭을 어찌 잘라 먹는다는 말이오."

선비는 난처했지만 하는 수 없이 깊은 밤이 되어 남의 논에 벼 이삭을 자르러 갔어요. 마침 하늘에는 샛별이 반짝반짝 빛나고 있었지요. 선비는 샛별이 자신을 지켜보고 있는 듯 느껴져 차마 벼를 베지 못하고 집으로 돌아왔어요.

다음 날, 선비는 바로 산에 올라 칡뿌리를 캐 왔어요. 배고팠던 아내와 아들은 선비가 캐 온 칡뿌리를 삶아 먹었답니다.

(1) 선비가 산에서 칡뿌리를 캐 왔다. (　　　　)

(2) 선비가 아내에게 벼 이삭을 잘라 오라는 소리를 들었다. (　　　　)

(3) 선비가 샛별이 보는 것 같아 남의 벼 이삭을 베지 못했다. (　　　　)

유형 2 이야기에서 장소 변화 정리하기

이야기 속에서 사건이 벌어지는 장소가 어떻게 달라지는지 파악하는 문제입니다. 사건이 어디에서 일어났는지 살펴봅니다.

2 이 글에서 걸리버가 이동한 곳의 차례대로 숫자를 쓰세요.

국어

걸리버는 영양호를 타고 영국의 브리스틀 항구를 출발했습니다. 영양호는 검푸른 바다 한가운데로 유유히 나아갔습니다. 그렇게 6개월이 넘게 바다를 항해한 배는 아프리카 희망봉을 돌아 동인도 쪽으로 방향을 틀었습니다. 그런데 이때 폭풍이 몰려왔습니다. 거센 바람과 사나운 파도가 배를 덮쳤습니다. 영양호는 산산조각이 나고 걸리버는 정신을 잃고 말았습니다.

얼마나 지났을까요? 걸리버는 정신을 차리고 주위를 둘러보았습니다. 그곳은 배 위가 아닌 육지였습니다. 멀리 바다가 흐릿하게 보이는 것을 보고 걸리버는 이름 없는 섬에 도착한 것을 알았습니다.

조너선 스위프트, 『걸리버 여행기』

(1) 희망봉 (　　　　)　　(2) 이름 없는 섬 (　　　　)

(3) 동인도 쪽 바다 (　　　　)　　(4) 브리스틀 항구 (　　　　)

3 이 글의 내용을 간추릴 때 빈칸에 알맞은 낱말을 각각 쓰세요.

국어

가자미의 노력에도 멸치 대왕은 수고했다는 말 한마디 하지 않았어. 그러자 가자미는 부글부글 화가 끓어올랐지만, 용기를 내어 말했어.

"대왕 마마, 제가 꿈풀이를 한번 해 보겠습니다. 멸치 대왕께서 하늘로 올랐다 내려오니 뭉게구름이 일고, 눈이 왔다고 했지요? 그리고 몸이 추웠다 더웠다고 했고요. 그 꿈은 낚시꾼의 낚싯대에 걸려 하늘로 솟구쳤다가 바구니 속으로 떨어지는 꿈입니다. 낚시꾼이 멸치를 구워 먹으려 연기를 피우는 것이 구름처럼 보이고, 간을 위해 소금을 뿌리니 눈이 오는 것처럼 보인 것이며, 소금을 뿌려 불 위에서 뒤집기를 반복하니 추웠다 더웠다 한 것입니다. 바로 멸치 대왕님이 돌아가실 꿈이지요."

가자미의 말이 끝나자 멸치 대왕은 화가 나서 온몸을 부들부들 떨었어. 그러더니 있는 힘껏 가자미의 빰을 후려쳤지. 얼마나 세게 맞았는지 이때 가자미의 눈이 한쪽으로 쏠리게 된 거야. 가자미는 휘청휘청 뒷걸음질을 치다가 그만 메기의 입에 주저앉고 말았어. 그 바람에 메기의 입이 납작해져 버렸지. 이 모습을 보고 있던 문어는 자기 눈도 혹시 가자미처럼 한쪽으로 쏠리게 될까 봐 얼른 눈을 떼서 엉덩이에 갖다 붙였어. 병어는 입이 납작해진 메기를 보고 웃음을 참다가 오히려 입이 조그맣게 오므라들었지.

- 가자미의 꿈풀이에 화가 난 (1) (   )이/가 가자미 빰을 때리자 (2) (   )은/는 눈이 한쪽으로 쏠렸다. 가자미에게 눌려 (3) (   )의 입이 납작해졌고, (4) (   )은/는 눈을 엉덩이에 붙였으며, (5) (   )은/는 웃음을 참다가 입이 작아졌다.

유형 3 이야기의 흐름에 따라 내용 간추리기

이야기의 흐름에 따라 전체 내용을 자연스럽게 간추리는 문제입니다. 시간과 장소, 사건의 흐름에 따라 전체 내용을 연결해 간추리면 됩니다.

● **글의 종류** 이야기(소설)

● **글의 특징** 이 글은 삶의 희망의 중요성을 주제로 한 『마지막 잎새』라는 소설입니다. 존시에게 삶의 희망을 주기 위해 추위를 견디며 높은 담벼락에 나뭇잎을 그려 넣다가 숨진 베어먼 할아버지를 통해 다른 사람에게 희망을 주는 것이 얼마나 중요한 일인지 느낄 수 있습니다.

● **낱말 풀이**

가망 될 수 있는 가능성이 있는 희망.

지문 ★★☆

낱말 ★★☆

벽돌집 맨 위층에는 수와 존시라는 화가 지망생이 살고 있습니다. 이 벽돌집에는 수와 존시처럼 가난한 예술가들이 모여 살았습니다.

겨울이 다가올 무렵, 존시는 폐렴에 걸리고 말았습니다. 존시는 침대에 누워 창밖만 바라보며 지낼 수밖에 없었습니다. 존시를 진찰한 의사는 친구 수를 불러 존시가 듣지 못하게 조용히 말했습니다.

"존시는 살아날 가망이 거의 없어요. 환자가 살려는 의지가 없으면 의사도 치료하기가 힘들어요. 존시는 자신이 살지 못한다고 생각하는 것 같아요."

의사가 돌아간 후, 수가 존시에게 다가가자 존시는 무언가를 세고 있었습니다.

"열둘, 열하나, 열."

그것은 창밖으로 보이는 담쟁이 잎이었습니다.

"사흘 전만 해도 잎이 백 개쯤 됐는데 이젠 몇 개밖에 남지 않았어. 잎이 다 떨어지면 나도 죽을 거야."

존시의 말을 들은 수의 마음은 [㉠]. 그리고 이 이야기를 그날 밤, 이웃에 사는 베어먼 할아버지에게 했습니다.

다음 날 아침이 되었습니다.

다 떨어졌을 것이라고 생각했던 담쟁이 잎이 끄떡없이 남아 있었습니다. 그 모습을 보고 존시는 기뻤습니다. 수는 존시가 기뻐하는 모습을 보니 한결 마음이 놓였습니다.

얼마 뒤 지난밤에 베어먼 할아버지가 돌아가셨다는 소식이 전해졌습니다. 베어먼 할아버지는 벽돌집 골목에 긴 사다리와 그림 도구를 옆에 두고 쓰러져 있었던 것입니다. 수는 할아버지가 존시를 위해 담벼락에 담쟁이 잎을 그리고 돌아가신 것을 알고 오랫동안 눈물을 흘렸습니다.

오 헨리, 『마지막 잎새』

1 '존시'가 삶의 희망으로 여긴 것은 무엇인지 찾아 쓰세요.

이해

( )

붙임 딱지 붙여요.

2 ㉠에 들어갈 말로 가장 알맞은 것은 무엇입니까? ( )

어휘

① 조마조마했습니다 ② 허둥지둥했습니다 ③ 헐레벌떡했습니다
④ 고분고분했습니다 ⑤ 왁자지껄했습니다

3 이 글을 이야기의 흐름에 따라 간추릴 때 **보기** 의 내용을 차례대로 정리한 것은 무엇입니까? ( )

구조

> **보기**
> ㉮ 존시는 창밖의 담쟁이 잎이 다 떨어지면 죽을 것이라고 생각했다.
> ㉯ 벽돌집 맨 위층에 사는 가난한 화가 지망생인 존시가 폐렴에 걸렸다.
> ㉰ 베어먼 할아버지가 존시에게 희망을 주기 위해 벽에 담쟁이 잎을 그리고 죽었다.

① ㉮ – ㉯ – ㉰ ② ㉮ – ㉰ – ㉯ ③ ㉯ – ㉮ – ㉰
④ ㉯ – ㉰ – ㉮ ⑤ ㉰ – ㉯ – ㉮

4 '베어먼 할아버지'에 대한 설명으로 알맞은 것을 모두 고르세요. ( )

추론

① 이웃에 대한 관심이 별로 없다.
② 병을 고치는 직업을 가지고 있다.
③ 자신을 희생하여 남을 돕는 사람이다.
④ 다른 사람에게 희망을 주고 싶어 한다.
⑤ 그림 실력을 뽐내고 싶어 하는 사람이다.

07 사건의 흐름을 파악하며 이야기 읽기

2주

★ 사건의 흐름을 따라가며 5개 왕관을 찾으면 보물을 발견할 수 있어요. (1)~(5)의 순서대로 점선을 따라가 보세요.

주제 탐구

이야기의 구성 요소는 인물, 사건, 배경입니다. 모든 이야기에는 인물이 나오고, 인물은 어떤 배경 속에서 일어나는 사건을 겪는 것입니다. 따라서 사건의 흐름을 파악하기 위해서는 인물과 배경을 먼저 찾고, 사건의 차례와 변화를 알아야 합니다.

1 다음 질문에 알맞은 내용을 찾아 선으로 이으세요.

아주 먼 옛날, 숲속에 하늘을 날 줄 아는 날짐승과 땅에서 사는 길짐승 사이에 전쟁이 벌어졌다. 날짐승과 길짐승의 특징을 모두 가진 박쥐는 싸움을 지켜보다 이기는 쪽 편을 들기로 했다. 박쥐는 날짐승이 이기면 날짐승인 척하고, 길짐승이 이기면 길짐승인 척했다. 그러다가 긴 싸움에 지친 날짐승과 길짐승이 화해를 했다. 결국 박쥐는 어느 쪽에도 끼지 못하고, 외톨이가 되었다.

(1) 이 글에 등장하는 주요 '인물'은 누구입니까? •

(2) 이 글의 '시간적 배경'은 무엇입니까? •

(3) 이 글의 '사건'은 무엇입니까? •

(4) 이 글의 '공간적 배경'은 무엇입니까? •

• ① 아주 먼 옛날

• ② 싸움에 이기는 동물 편만 들다가 외톨이가 됨.

• ③ 박쥐

• ④ 숲속

2 〈문제 1번〉처럼 사건의 흐름을 파악하는 방법으로 알맞은 것에 모두 ○표 하세요.

(1) 이야기에 나타난 인물, 시간과 장소, 일어난 일을 찾아본다. (　　)

(2) 이야기에서 일어난 중요한 일을 찾는다. (　　)

(3) 일이 일어난 차례를 살펴본다. (　　)

(4) 제목을 보고 사건의 흐름을 파악한다. (　　)

유형 1 사건의 흐름에 따른 인물의 마음 알기

이야기에 나타난 일어난 일에서 인물의 마음을 알아보는 문제입니다. 사건의 흐름을 살펴 인물의 마음을 알아봅니다.

1 ㉠에 나타난 선비의 마음으로 알맞은 것은 무엇입니까? (　　　)

국어

한 선비가 과거 시험을 보기 위해 한양으로 가고 있었어요. 선비는 산 고개를 넘다가 크고 널따란 바위 두 개를 보았어요. 선비는 바위에 앉아 잠시 쉬어 가기로 했지요. 선비는 손에 쥐고 있던 지팡이를 한쪽 바위에 두고, 다른 한쪽 바위에 두 다리를 쭉 펴고 앉아 땀을 닦았어요.

잠시 후, 선비가 지팡이를 쥐자 물컹한 느낌이 났어요. 깜짝 놀라 손에 쥔 것을 보니, 그것은 지팡이가 아니라 호랑이의 꼬리였어요. 커다란 바위 사이로 삐죽이 나와 있던 호랑이 꼬리를 지팡이인 줄 알고 잡았던 거예요.

㉠"잠자는 호랑이의 꼬리를 잡다니, 이를 어쩌면 좋지?"

① 과거 시험 때문에 정신이 없다.
② 호랑이 꼬리를 잡아 기뻐하고 있다.
③ 지팡이를 잃어버려서 낙심하고 있다.
④ 호랑이 꼬리를 잡아 두려워하고 있다.
⑤ 호랑이 꼬리로 지팡이를 만들려고 계획했다.

유형 2 이야기에서 사건이 일어난 배경 찾기

사건이 일어난 공간적 배경을 찾는 문제입니다. 타임머신을 탄 앨런에게 일어난 일을 중심으로 살펴봅니다.

타임머신 과거나 미래로 시간 여행을 가능하게 한다는 기계.

2 이 글이 펼쳐지는 배경에 대한 설명이 맞으면 ○표, 틀리면 X표 하세요.

국어

"아니, 이게 뭐야?"

앨런이 유리문을 통해 밖을 보니 마치 영화의 한 장면처럼 바깥 풍경이 어지럽게 펼쳐졌다. 센트럴 파크에 있는 빌딩들이 점점 높아지더니, 바로 한 번도 본 적 없는 모습의 건물들로 변해 갔다. 시간을 나타내는 계기판에는 숫자가 빠르게 늘어나고 있었다.

'1995, 2000, 2005.'

앨런은 단 몇 초 만에 타임머신에서 수십 년의 광경을 본 것이다.

허버트 조지 웰스, 『타임머신』

(1) 외부에 있는 공간이다. (　　　)
(2) 유리문이 있는 공간이다. (　　　)
(3) 영화의 한 장면 속 공간이다. (　　　)
(4) 시간의 변화를 볼 수 있는 공간이다. (　　　)

3 일이 일어난 차례대로 보기 의 일을 정리해 기호를 쓰세요.

국어

유형 3 사건의 흐름 정리하기

이야기에서 주제를 찾거나 앞으로 일어날 일을 예측하기 위해 사건의 흐름을 정리해 보는 문제입니다.

텅 빈 집에 독을 품은 뱀 한 마리가 마당을 가로질러 들어왔습니다. 집을 지키던 개가 뱀을 쫓으려고 마구 짖어댔지만 뱀은 슬금슬금 기어 부엌으로 갔습니다. 그리곤 선반 위에 놓인 우유 통으로 쏙 들어가 버렸습니다. 그 우유는 온 가족이 마실 것이었습니다. 개는 우유 통에 뱀이 가진 독이 번질 것을 알고 안절부절못했습니다.

얼마 후, 식구들 중 어린아이가 집에 돌아왔습니다. 아이는 목이 마른지 바로 부엌으로 가서 우유를 마시려 했습니다. 그 모습을 보고 개는 아이의 바짓가랑이를 물어 잡아당겼습니다. 우유를 마시지 못하게 하기 위해서였습니다.

"에잇, 왜 자꾸 귀찮게 하는 거야?"

아이가 개를 뿌리치려 했지만 개는 끈질기게 아이의 바짓단을 물고 놓지 않았습니다.

"너도 우유가 마시고 싶은 모양이구나."

아이는 우유를 떠서 개에게 주었습니다. 개는 서둘러 그 우유를 다 먹었습니다. 그리고 곧 온몸에 독이 퍼져 괴로워하다 죽었습니다. 가족은 우유에 독이 퍼진 것을 알리려고 한 개의 희생을 뒤늦게 알았습니다. 가족은 죽은 개를 위해 기도하고, 정성을 다해 무덤을 꾸며 주었습니다.

보기

㉮ 가족이 죽은 개의 무덤을 꾸며 주었다.
㉯ 개가 뱀 독이 퍼진 우유를 먹고 죽었다.
㉰ 뱀이 부엌으로 가서 우유 통으로 들어갔다.
㉱ 어린아이가 우유를 먹으려 하자 개가 바짓단을 물고 놓지 않았다.

• (　　　　) ➡ (　　　　) ➡ (　　　　) ➡ (　　　　)

●**글의 종류** 이야기(동화)

●**글의 특징** 이 글은 강도를 당한 사나이를 대하는 여러 사람들의 모습을 시간의 흐름에 따라 그리고 있습니다. 진정한 이웃이라면 어려움에 처한 사람을 도와야 한다는 주제를 담고 있습니다.

●**낱말 풀이**
예루살렘 이스라엘에 있는 도시.
제사장 유대교에서 예루살렘 성전에 의식이나 제사를 맡아보는 사람.
사마리아인 팔레스타인의 사마리아 지역에 사는 민족으로 유대인과 사이가 좋지 않았음.

지문 ★★☆

낱말 ★★★

한 사나이가 예루살렘을 떠나 시골로 내려가고 있었습니다. 이른 아침, 사나이는 매우 험한 산골짜기를 지나게 되었습니다. 그 산골짜기는 길이 험할 뿐 아니라, 외딴 곳이어서 강도가 잘 나타나는 곳이었습니다. 그런데 걱정한 것처럼 사나이 앞에 강도가 나타났습니다. 강도는 사나이가 가진 것을 빼앗았을 뿐 아니라 쫓아오지 못하게 심하게 때리고 풀숲에 버려두고 갔습니다.

얼마 후, 사람들의 존경을 받는 제사장이 그 길을 지나게 되었습니다. 제사장은 피투성이가 된 사나이를 보고 깜짝 놀랐습니다.

㉠“아이쿠, 저 사람은 강도를 만났구나! 나도 강도를 당하기 전에 어서 이곳을 피해야겠군.”

점심때가 다 되었을 때, 또 다른 사람이 나타났습니다. 당나귀를 탄, 그 사람은 좋은 옷을 입은 부자였습니다. 부자는 강도를 당한 사나이를 보고 도망치다시피 지나갔습니다.

“아이고, 강도를 당했군. 하지만 나는 너무 바빠서 도울 수가 없어.”

다시 시간이 지나 해질 무렵이 되었습니다. 이번에 나타난 사람은 사마리아인이었습니다. 사마리아인은 당나귀에 짐을 싣고 지나고 있었습니다. 사마리아인은 쓰러진 사나이를 보고 당나귀에서 내려 다가갔습니다. 그리고 급한 상처를 치료해 주고, 다친 사나이를 당나귀에 태웠습니다. 서둘러 의사에게 데려가기 위해서였습니다.

1 이해

이 글에서 강도를 당한 사나이를 도운 사람은 누구인지 쓰세요.

( )

2주 2일 학습 끝!

붙임 딱지 붙여요.

2 구조

일이 일어난 차례대로 보기 의 일을 정리해 기호로 쓰세요.

보기

㉮ 사마리아인은 쓰러진 사나이를 도왔다.

㉯ 제사장과 부자는 쓰러진 사나이를 보고 그냥 지나쳤다.

㉰ 한 사나이가 산골짜기에서 강도를 만나 풀숲에 쓰러져 있었다.

• ( ) ➡ ( ) ➡ ( )

3 추론

㉠에 나타난 제사장의 마음으로 알맞은 것은 무엇입니까? ( )

① 강도를 미워하는 마음이다.

② 강도당한 사람을 걱정하고 있다.

③ 자기도 강도를 당할까 걱정하고 있다.

④ 강도를 당하지 않아서 감사한 마음이다.

⑤ 강도당한 사람이 운이 없다고 생각한다.

4 비판

이 글을 읽고 난 생각이나 느낌으로 알맞지 않은 것은 무엇입니까? ( )

① 동준: 사람은 바빠야 부자가 되는 것 같아.

② 지호: 참된 이웃은 다른 사람의 어려움을 도와야 해.

③ 미연: 존경받는 제사장이 그냥 가다니 정말 실망스러워.

④ 현희: 사마리아인처럼 위험에 처한 사람을 도와야겠어.

⑤ 재희: 사람의 생명이 가장 중요하다는 것을 잊지 말아야 해.

08 이야기의 주제 알기

2주

★ 그림 카드 속 이야기의 주제를 보기에서 골라 기호를 쓰세요. 그리고 자신의 이해력 점수도 확인해 보세요.

보기

㉮ 욕심을 부리지 말자. ㉯ 남을 함부로 무시하지 말자. ㉰ 착한 일을 하면 복을 받는다.

(1)

(2)

(3)

나의 이해력 점수는? (　　　　　　점)

주제 탐구

이야기의 주제는 이야기에서 나타내려고 하는 글쓴이의 생각을 말합니다. 이야기의 주제를 알려면 글쓴이가 이야기를 통해 보여 주려는 생각이 무엇인지 찾아봅니다. 이야기의 제목을 보고 예측해 볼 수도 있고, 인물의 말이나 행동에서도 찾을 수 있습니다.

1 초성을 참고하여 다음에서 설명하는 낱말을 빈칸에 쓰세요.

이것은 이야기에서 글쓴이가 읽는 이에게 말하고자 하는 중심 생각을 말합니다.

ㅈ	ㅈ	➡	

2 다음 이야기 속 인물의 행동에서 글쓴이가 전하려고 하는 것이 무엇인지 찾아 선으로 이으세요.

(1) 흥부는 다리를 다친 제비를 치료해 주고 금은보화를 받았다. •

(2) 도둑이 요술 맷돌을 너무 많이 돌리는 바람에 배가 가라앉았다. •

(3) 토끼가 거북이를 느림보라고 놀리며 낮잠을 자다가 경주에서 거북에게 졌다. •

• ① 욕심을 부리지 말자.

• ② 남을 함부로 무시하지 말자.

• ③ 착한 일을 하면 복을 받는다.

3 〈문제 2번〉처럼 이야기의 주제를 찾는 방법으로 맞으면 ○표, 틀리면 X표 하세요.

(1) 글에서 중요한 사건을 파악한다. ( )
(2) 대화 글만 찾아 읽고 주제를 찾는다. ( )
(3) 주인공의 행동만 보고 주제를 예측한다. ( )
(4) 중요한 사건을 살펴보고 글쓴이의 의도를 찾는다. ( )
(5) 인물의 말이나 행동에 나타난 글쓴이의 의도를 찾는다. ( )

유형 1 제목에서 이야기의 주제 예측하기

글의 제목을 보고 글의 주제를 예측해 보는 문제입니다. '사자'는 등장인물이고, '약속'은 주제와 관련 있는 낱말입니다.

1 이 글의 제목에서 주제를 떠올린 친구에 ○표 하세요.

국어

사자와의 약속

어느 날, 동물의 왕 사자는 목에 뼈가 걸려 몹시 괴로웠다.

"내 목에 뼈를 좀 빼 주렴. 제발 도와줘!"

사자는 숲속 동물들에게 사정을 했지만 도와주겠다고 나서는 동물이 없었다. 무서운 사자가 해칠까 봐 두려웠기 때문이다.

"나를 도와주는 동물은 절대 해치지 않을 거야. 목에 뼈만 빼 준다면 큰 선물도 줄 거라고."

사자의 말에 학 한 마리가 뼈를 빼 주기 위해 다가갔다.

(1) 사자처럼 용감해야 한다는 주제를 말하려는 거야.

(2) 어떤 경우라도 약속을 잘 지키자는 주제일 것 같아.

(3) 사자는 사나운 동물이므로, 사자를 물리치자는 주제가 떠올랐어.

유형 2 이야기에서 주제가 드러난 부분 찾기

글에서 글쓴이가 전하고자 하는 내용을 찾는 문제입니다. 떡갈나무가 갈대를 보고 깨달은 내용이 무엇인지 찾습니다.

곧추세웠어요 꼿꼿이 세웠어요.

2 ㉠~㉤ 중 주제가 잘 드러난 부분의 기호를 쓰세요. (   )

국어

㉠거센 바람이 불자 커다란 떡갈나무는 아무 일 없다는 듯 고개를 곧추세웠어요. 그러다가 '우지직' 소리를 내며 부러졌어요. 바람이 잦아든 후 떡갈나무는 정신을 차리고 주위를 둘러보았어요. 그러자 아무 일도 없었다는 듯 멀쩡한 갈대가 보였어요.

㉡"갈대야, 넌 어떻게 그 거센 바람을 견뎌 냈니?"

㉢"아무리 키가 크고 강한 나무라도 폭풍을 이길 수는 없어요. 맞서기보다는 잠시 고개를 숙이고 바람이 잦아들기를 기다려야지요."

㉣갈대의 말을 들은 떡갈나무는 자신의 잘못을 깨달았어요.

㉤"힘이 세고 크다고 뽐내거나 잘난 체해서는 안 되는 거였어. 겸손하게 고개를 숙일 줄 아는 것, 그것이 이길 때도 있으니 말이야."

3 이 글의 주제로 알맞은 것은 무엇입니까? (   )

국어

두 옹고집이 서로 자신이 옹고집이라고 우기며 마을 원님을 찾아갔습니다. 하지만 원님도 진짜를 찾을 수 없자 큰 소리로 말했습니다.

"옹고집이란 놈이 평소 저지른 나쁜 짓에 큰 벌을 내릴 것이다. 그런데도 서로 진짜라고 우길 것이냐?"

진짜 옹고집이 우물쭈물하는 사이에 가짜 옹고집이 나섰습니다.

"사또, 제가 그동안 많은 죄를 저질렀습니다. 이제부터라도 불쌍한 사람을 돕고, 어머님께도 효도하고, 죄 없는 하인과 스님들을 괴롭히지 않겠습니다. 절대 나쁜 짓을 하지 않겠습니다."

"큰 벌을 내린다고 했는데도 자신이 진짜라고 하는 것을 보니 네가 바로 진짜 옹고집이구나."

원님의 판결에 따라 가짜 옹고집은 집으로 돌아가서 불쌍한 사람을 돕고, 어머님과 하인, 스님에게 정성을 다했습니다. 그러자 가족은 물론 마을 사람들 모두 가짜 옹고집을 좋아했습니다. 거리를 떠돌던 진짜 옹고집은 거지꼴이 되고서야 지난날의 잘못을 뉘우쳤습니다.

"그동안 정말 잘못 살아왔어. 고집만 피우고 혼자만 잘살려고 했으니, 이제부터라도 착하게 살아야겠어."

① 죄를 짓지 말아야 한다.
② 재산을 열심히 모아야 한다.
③ 사람은 강한 고집이 있어야 한다.
④ 원님처럼 훌륭한 사람이 되어야 한다.
⑤ 자기 고집만 부리지 말고, 착하게 살아야 한다.

유형 3 이야기의 주제 찾기

이야기의 흐름을 알고 주제를 찾는 문제입니다. 진짜 옹고집이 뉘우친 것이 무엇인지 찾아봅니다.

★ 이야기의 주제를 파악하며 읽어 보세요.

● **글의 종류** 이야기(동화)

● **글의 특징** 이 글은 『삼국유사』에 나오는 이야기로, 겉모습으로 사람을 차별하는 왕과 벼슬아치들의 잘못을 꼬집은 이야기입니다.

● **낱말 풀이**

법회 절에서 스님이 불경을 설명하는 모임.

벼슬아치 관청에서 나랏일을 맡아보는 사람.

승복 스님들이 입는 옷.

지문 ★★☆

낱말 ★★☆

망덕사의 법회가 있는 날이면 많은 스님과 왕을 비롯한 벼슬아치들이 모였습니다. 왕까지 참석한 법회이다 보니 법회가 끝나고 나면 참석한 사람들이 왕과 식사를 하곤 하였습니다. 이때 허름한 옷차림을 한 스님 한 분이 찾아왔습니다. 왕과 벼슬아치들은 스님의 허름한 행색에 인상을 찌푸렸습니다.

"여기가 어디라고 오는게요? 어서 물러나시오."

왕을 모시는 신하들은 스님을 절 밖으로 내쫓았습니다.

얼마 후, 절에서 다시 법회가 열렸습니다. 왕과 벼슬아치들은 법회 후 다시 식사 자리에 둘러앉았습니다. 이때 허름한 옷차림의 스님이 또 찾아왔습니다.

"어찌 저런 사람을 자꾸 들이는 것이냐?"

벼슬아치들이 화를 내자 신하들은 서둘러 스님을 다시 밖으로 끌어냈습니다. 스님은 하는 수 없이 그곳을 떠났습니다. 그 후로도 스님은 몇 번을 절에서 쫓겨났습니다.

그러던 어느 날이었습니다. 법회에 귀한 옷감으로 지은 승복을 입은 스님 한 분이 찾아왔습니다. 낯선 스님이었지만 벼슬아치들은 스님을 친절하게 반겼습니다. 신하들은 스님을 음식이 잘 차려진 식사 자리로 안내했습니다. 그런데 그때였습니다. 스님이 차려진 음식을 자신의 옷에 모두 쏟아 버린 것입니다.

㉠<u>"아니, 스님! 어찌 이러십니까?"</u>

사람들이 놀라 물었습니다. 하지만 스님은 웃으며 말했습니다.

㉡<u>"초라한 옷을 입었을 때는 늘 쫓겨났는데 좋은 옷을 입으니 이리 대접을 받는군요. 그러니 이 음식은 옷이 먹어야 하지 않겠습니까?"</u>

옷차림만 보고 차별했던 왕과 벼슬아치들은 고개를 들 수 없었습니다.

일연, 『삼국유사』

붙임 딱지 붙여요.

1 이해

이 글의 주제로 알맞은 것은 무엇입니까? (　　　)

① 좋은 옷을 입자.
② 음식을 나눠 먹자.
③ 스님을 존경하자.
④ 음식을 조심히 먹자.
⑤ 겉모습만 보고 사람을 차별하지 말자.

2 구조

다음 보기 의 내용을 일이 일어난 순서에 맞게 기호로 쓰세요.

보기
㉮ 스님이 자신의 옷에 음식을 쏟아 버렸다.
㉯ 스님이 좋은 옷을 입고 나타나자 사람들이 반겼다.
㉰ 신하들이 허름한 옷을 입은 스님을 절에서 쫓아냈다.
㉱ 절에서 하는 식사 자리에 허름한 옷을 입은 스님이 찾아왔다.

• (　　　) ➡ (　　　) ➡ (　　　) ➡ (　　　)

3 이해

사람들이 ㉠처럼 말한 까닭은 무엇입니까? (　　　)

① 스님이 절에서 쫓겨나서
② 스님의 옷이 너무 초라해서
③ 스님이 음식을 모두 먹어서
④ 스님의 옷이 너무 비싼 것이라서
⑤ 스님이 음식을 모두 옷에 쏟아 버려서

4 추론

㉡의 의미를 알맞게 말한 친구에 ○표 하세요.

(1) 좋은 옷을 입으면 음식도 맛이 있다는 말이야.

(2) 옷만 보고 대우가 달라지는 것을 비꼬는 말이야.

(3) 좋은 옷에는 좋은 음식이 어울린다는 말이야.

09

2주

글의 전개 과정에 따라 내용 간추리기

★ 다음 문단에서 중심 문장을 골라 색칠하세요.

(1) 자신의 일을 부모님께 부탁하는 친구들이 있습니다.

(2) 부모님의 도움만 받으면 커서도 스스로 할 수 있는 일이 없게 됩니다.

(3) 자기 일은 자기 스스로 하는 습관을 들여야 합니다.

(4) 실패하더라도 스스로 자신의 일을 노력하고 해낼 때 의미가 있습니다.

(1) 영호는 어제 밤늦게까지 텔레비전을 보았습니다.

(2) 아침에 늦잠을 잔 영호는 지각을 해서 벌로 청소를 했습니다.

(3) 영호는 청소를 하느라 학원에도 늦게 가는 바람에 하루가 뒤죽박죽이 되었습니다.

(4) 우리 모두 규칙적인 생활을 해야겠습니다.

주제 탐구

글의 내용을 전개 과정에 따라 간추리기 위해서는 먼저 각 문단의 중심 문장을 찾습니다. 중심 문장은 전개 과정에 따라 위치가 달라집니다. 중심 문장은 문단의 앞이나 뒤 등 다양하게 나올 수 있습니다.

● (1~2) 다음을 읽고 물음에 답하세요.

(가) ㉠한 마을에 쓰레기 산이 생겼습니다. 누군가 쓰레기 더미를 이곳에 버리면서 산처럼 높아진 것입니다. 쓰레기로 인해 마을 사람들은 큰 불편을 겪고 있습니다. ㉡쓰레기에서 풍기는 고약한 냄새에 두통을 호소하는 사람이 늘고 있습니다. ㉢또 쓰레기에서 벌레가 생겨나면서 집 안까지 벌레가 들어오는 상황입니다. 냄새와 벌레 때문에 마을 사람들은 날이 더워지고 있는데도 창문을 열어 놓지 못하고 있습니다.

(나) 쓰레기 문제는 이제 전 지구의 문제가 되었습니다. 지금처럼 계속해서 쓰레기가 늘어난다면 한 마을에 생긴 쓰레기 산은 지구 곳곳에, 우리 마을에도 생겨날 수 있습니다. 따라서 쓰레기를 줄이려는 노력이 필요합니다. 쓰레기를 줄이기 위해서는 일회용품 사용을 줄여야 합니다. 특히 비닐봉지를 사용하는 경우가 많은데 꼭 필요한 경우가 아니라면 사용을 줄여야 합니다. 또 우리도 음식물 쓰레기를 줄이기 위해 급식을 되도록 남기지 말고 다 먹어야 합니다.

1 (가)의 내용을 다음처럼 정리할 때 빈칸에 알맞은 ㉠~㉢의 기호를 쓰세요.

원인 (1) [ ]
결과 (2) [ ]
결과 (3) [ ]

2 (나)의 전개 과정을 나타낸 표의 빈칸에 들어갈 알맞은 내용에 ○표 하세요.

쓰레기를 줄이자.
[ ] [ ] [ ]

(1) 산을 모두 없앤다. ( )
(2) 일회용품의 사용을 줄인다. ( )
(3) 비닐봉지의 사용을 줄인다. ( )
(4) 곳곳에 쓰레기 산을 만든다. ( )
(5) 급식을 남기지 않고 다 먹는다. ( )

유형 1 문단의 중심 내용 찾기

글쓴이의 경험이 드러난 글에서 글쓴이가 겪은 일에 대해 생각하거나 느낀 점이 드러난 중심 내용을 찾는 문제입니다.

1 ㉠~㉤ 중 문단의 중심 내용을 찾아 기호를 쓰세요. (   )

사회

문구점에서 아주 기분 나쁜 일이 있었다. ㉠나는 지우개를 사려고 구경을 하고 있었다. 그런데 주인아저씨가 갑자기 내게 가게 안이 복잡하니 어서 나가라고 하는 것이다. ㉡내가 이리저리 돌아다닌 것도 아니라서 황당했다. 내가 놀란 얼굴로 쳐다보자 아저씨는 더 큰 소리로 나가라고 소리쳤다. ㉢조금 전 문구점에는 물건을 바꾸러 온 아주머니가 계셨다. ㉣주인아저씨는 아주머니에게 화가 난 것을 내게 화풀이하는 것처럼 보였다. 나는 너무 기분이 나빴다. 어른들은 서로에게는 예의를 지키지만 나 같은 어린이에게는 예의를 지키지 않아도 된다고 생각하는 것 같다. ㉤어린이에게도 어른과 똑같은 인권이 있다는 사실을 어른들이 잊지 말았으면 좋겠다.

유형 2 글의 전개 방식 알기

주장하는 글의 전개 방식을 알아보는 문제입니다.

2 이 글의 전개 방식에 대해 알맞게 설명한 것은 무엇입니까? (   )

도덕

'거짓말은 눈덩이와 같아서 오래 굴릴수록 점점 커져 간다.'는 말이 있다. 한번 시작한 거짓말을 진짜처럼 꾸미기 위해 다시 거짓말을 덧붙이게 된다는 것이다. 이런 경우는 일상생활 속에서 흔히 찾아볼 수 있다.

한 아이가 늦잠을 자다가 학교에 늦었다. 왜 늦었냐는 선생님의 질문에 아이는 배가 아파서 늦었다고 거짓말을 했다. 거짓말 때문에 아이는 배가 아픈 것처럼 거짓 행동을 해야 했다. 아이는 점심시간까지 배가 아픈 척을 하느라고 급식을 먹지 못했다. 아이는 이제 배가 고파서 괴로워졌다. 이렇게 거짓말은 꼬리에 꼬리를 물게 되어 있다. 그리고 결국에는 자신에게도 피해가 올 수 있다. 우리 모두 거짓말을 하지 말아야겠다.

① 주장이 글의 한가운데에 나온다.
② 거짓말을 하지 않는 실천 방법을 설명하였다.
③ 글의 맨 처음에 주장을 말하고 그 이유를 이어서 썼다.
④ 다른 사람의 글과 예를 들어 설명한 다음, 마지막에 주장을 펼쳤다.
⑤ 주장은 나타나지 않았고, 거짓말을 했을 때 생기는 문제점만으로 글을 전개하였다.

3 이 글을 읽고 전개 과정에 따라 내용을 잘 간추린 것에 ○표 하세요.

사회

우리는 학교 화장실에서 볼일을 본 후에 물을 잘 내려야 합니다. 그런데 화장실에 갈 때마다 불쾌한 기분이 들 때가 많이 있습니다. 용변을 보고 물을 내리지 않아서 화장실에서 냄새가 나기 때문입니다.

우리 학교는 얼마 전 화장실을 수리해서 시설이 좋은 편입니다. 그런데 용변을 보고 물을 내리지 않은 친구들 때문에 냄새가 퍼져서 화장실에 들어가기만 해도 지독한 냄새가 납니다.

물을 내리지 않은 모습을 보면 기분도 나빠집니다. 원하지도 않았는데 다른 사람의 용변을 보게 되기 때문입니다. 지저분한 것을 보고 기분이 좋을 리는 없습니다. 특히 급식을 먹기 전에 그 모습을 보게 되면 밥맛이 뚝 떨어지게 됩니다.

그리고 물을 내리지 않은 화장실 칸은 아이들이 이용할 수 없어 쓸 수 있는 화장실이 줄어들게 됩니다. 쉬는 시간이면 화장실에 가려는 아이들이 몰려서 불편합니다.

화장실에서 물을 내릴 때는 물 내리는 장치를 충분히 길게 누르고, 용변 본 것이 물에 잘 씻겨 내려갔는지 확인해야 합니다. 그래야 우리 모두 깨끗한 화장실을 사용할 수 있습니다.

(1) 깨끗한 화장실을 만들자. 물을 잘 내리면 화장실이 깨끗해진다. ( )

(2) 화장실 물을 오래 내리자. 화장실에서 냄새가 나면 화장실 사용이 불편하기 때문이다. ( )

(3) 화장실 물을 잘 내리자. 그러지 않으면 화장실에서 냄새도 나고, 불쾌감을 주며, 사용할 수 있는 화장실이 줄어 불편하다. ( )

유형 3 전개 과정에 따라 내용 간추리기

글의 전개 과정을 알고, 그에 맞게 내용을 간추리는 문제입니다. '화장실 물을 잘 내리자.'는 주장을 먼저 내세우고 주장하는 이유와 실천 방법을 제시하고 있습니다.

용변 대변이나 소변.

●글의 종류 논설문

●글의 특징 갯벌을 보호해야 하는 이유를 들어 '갯벌을 보호하자.'는 주장을 펼친 글입니다.

●중심 내용

㈎ 우리나라를 찾는 철새가 줄고 있음.
㈏ 간척 사업으로 갯벌을 없애는 것은 이득이라고 볼 수 없음.
㈐ 갯벌은 자연적, 경제적, 환경적 쓰임이 많으므로 보호해야 함.
㈑ 사람과 다양한 생물이 피해를 입으므로, 갯벌을 보호해야 함.

●낱말 풀이

간척 사업 바다나 호수 주위에 둑을 쌓고 그 안의 물을 빼내어 육지나 경지로 만들기 위해 땅을 고르는 사업.
보고 귀중한 물건을 간수해 두는 창고.
정화시킨다 더러운 것을 깨끗하게 한다.

㉠

㈎ 해마다 우리나라를 찾는 철새가 줄어들고 있다. 살 곳과 먹이를 찾아 이동하는 철새가 우리나라에 오지 않는다는 것은 새들이 살 곳과 먹을 것이 줄어들기 때문이다. 대표적인 곳이 바로 갯벌이다.

㈏ 우리나라 서해안은 세계적인 갯벌 지역이다. 그런데 땅을 넓히는 간척 사업을 하며 갯벌을 흙으로 덮어 버리고 있다. 그래서 지금은 갯벌이 많이 줄어들었다. 일부 사람들은 땅이 넓어지면 그곳에 공장도 짓고, 농사를 지어서 이득이라고 말한다. 하지만 이것은 ㉡하나만 알고 둘은 모르는 소리라고 생각한다. 갯벌은 그냥 진흙으로 덮인 곳이 아니다.

㈐ 갯벌은 쓰임이 아주 많다. 먼저 갯벌은 양분이 풍부해서 생명체를 살게 하는 생명의 보고이다. 둘째, 우리는 갯벌에서 얻을 수 있는 수산 자원이 많아서 경제적으로 큰 이득이 되고, 관광 자원의 가치가 아주 높아서 관광업에도 도움이 된다. 셋째, 갯벌은 물을 정화시킨다. 요즘에는 바닷물도 많이 오염이 되고 있는데 갯벌은 바닷물을 정화시키는 역할을 한다. 넷째, 갯벌과 같은 습지는 비가 많이 오면 물을 머금었다가 비가 적게 오면 물을 내놓기 때문에 홍수와 가뭄을 막아 준다.

㈑ 이와 같이 갯벌을 개발하면 당장은 돈을 많이 벌 수 있고 편해질 수 있다. 하지만 자연의 노폐물을 걸러 주고 정화시켜 주는 갯벌을 보호해야 한다. 갯벌이 없어지면 갯벌에 기대어 사는 사람과 다양한 생물이 피해를 입고 생태계가 파괴된다는 것을 잊지 말아야 한다.

지문 ★★☆
낱말 ★★☆

1 이해

㉠에 들어갈 제목으로 알맞은 것은 무엇입니까? (　　　　)

① 갯벌을 보호하자　② 갯벌에서 뛰어놀자
③ 간척지에 농사를 짓자　④ 간척 사업을 확대하자
⑤ 갯벌을 관광지로 개발하자

2주 4일 학습 끝!

붙임 딱지 붙여요.

2 어휘

㉡과 바꾸어 쓸 수 있는 낱말을 보기에서 찾아 쓰세요.

보기

잘난 척하는　어리석은　겸손한　순진한

(　　　　　　　　)

3 이해

이 글에 나타난 갯벌의 쓰임이 아닌 것을 모두 고르세요. (　　　　　　)

① 갯벌은 생태계를 위협한다.
② 갯벌은 물을 정화하는 기능이 있다.
③ 갯벌은 수산 자원과 관광 자원이 된다.
④ 갯벌은 양분이 풍부해서 생명체를 살게 한다.
⑤ 갯벌에는 물이 머물러 있어 홍수와 가뭄을 일으킨다.

4 구조

전개 과정에 따라 ㈐의 내용을 간추릴 때 빈칸에 들어갈 말을 쓰세요.

(1) ______________________

생명체를 살게 한다.	수산 자원과 관광 자원이 된다.	(2) ______________	홍수와 가뭄을 막아 준다.

10 읽는 사람에게 생각을 전하는 글 읽기

2주

★ 생각을 전하는 글은 읽는 사람이 누구인지에 따라 다르게 표현해야 해요. 다음 글을 읽기에 알맞은 사람은 누구인지 선으로 이으세요.

(1) 민호야, 속상한 일을 형에게 물어봐 줘서 고마워! 친구가 네가 하자는 대로 하지 않는다고 화부터 내면 안 돼. 네가 하기 싫은 것을 친구가 하자고 하면 너도 기분이 나쁘잖아. 친구랑 네가 좋아하는 게 다를 수 있다고 생각해 봐.

① 

(2) 친구들아, 프랑스 말 중에 '톨레랑스'라는 말이 있대. 이 말의 뜻은 '관용', '아량'이라고 해. 우리 이제부터 '톨레랑스'라는 말을 잊지 말자. 친구 사이에 서로 다른 점이 있어도 인정하고 이해해 주자고.

② 

(3) "네 소원이 무엇이냐?" 하고 하느님이 물으시면, 나는 서슴지 않고 "내 소원은 대한 독립이오." 하고, 대답할 것이다.

(중략)

동포 여러분! 나 김구의 소원은 이것 하나밖에 없다.

③ 

주제 탐구

생각을 전하는 글은 읽을 때에는 누구에게 읽히기 위해 쓴 글인지, 어떤 내용을 전달하고 있는지, 글쓴이의 의도는 무엇인지 파악해야 합니다. 글쓴이가 전달하려는 내용에서 글쓴이의 의도를 파악하고 그에 따른 자신의 생각을 정리해 보아야 합니다.

1 다음 문장에서 글쓴이가 전하려는 생각을 가장 알맞게 말한 친구에 ○표 하세요.

운동만으로도 정신적, 육체적 혜택을 얻을 수 있다.

제임스 리퍼

2 다음 광고에서 글쓴이가 전하려는 생각을 <u>모두</u> 찾아 ○표 하세요.

(1) 자동차를 함께 타자. (   )
(2) 자동차 운전을 배우자. (   )
(3) 기름을 아껴 저축을 하자. (   )
(4) 자동차 함께 타기는 지구 환경에 도움이 된다. (   )
(5) 자동차를 여럿이 함께 타면 기름을 아낄 수 있다. (   )

유형 1 글쓴이가 전하고 싶은 생각 파악하기

글쓴이가 읽는 사람에게 전하려는 생각을 파악하는 문제입니다. 글쓴이는 주장을 내세우기 위해 자신이 겪은 일을 예로 들었습니다.

1 도덕

이 글에서 글쓴이가 전하고자 하는 내용은 무엇입니까? (　　　)

며칠 전, 저는 놀이터에서 놀다가 크게 다칠 뻔했습니다. 미끄럼을 타기 위해 미끄럼틀에 올라갔는데 계단에 틈이 있어서 발이 끼인 것입니다. 운동화를 신고 있어서 상처가 나지는 않았지만 샌들을 신었다면 피가 날 수도 있는 상황이었습니다.

학교 놀이터는 1학년 학생부터 학교 근처에 사는 꼬마들까지 와서 노는 곳입니다. 어린아이일수록 미끄럼틀에 있는 계단의 틈은 더 위험하다고 생각합니다.

어린이들이 다치지 않고 놀 수 있도록 놀이터의 놀이 기구를 빨리 수리해 주시기 바랍니다.

① 놀이터에서 다칠 뻔했다.
② 미끄럼틀 계단을 조심하자.
③ 놀이 기구를 수리해 달라.
④ 놀이터에서 많은 아이들이 논다.
⑤ 놀이터는 주로 어린아이들이 사용한다.

유형 2 읽는 사람을 고려한 점 찾기

글쓴이가 읽는 대상을 고려한 점을 찾는 문제입니다. 글쓴이보다 나이가 어린 사람에게는 이해하기 쉬운 말로 써야 합니다.

2 국어

이 글에서 글쓴이가 읽는 사람을 위해 고려한 점은 무엇입니까? (　　　)

토론은 어떤 일에 서로 다른 생각을 가진 사람들이 찬성 혹은 반대를 주장하는 거야. 토론을 할 때는 정해진 시간에 맞춰 말해야 해. 나만 더 오래 말하겠다고 우기면 어떻게 되겠니? 상대방도 나처럼 오래 말하겠다고 하지 않겠니? 그러다 보면 토론을 하다가 싸움이 나는 거야. 텔레비전에서 어른들이 토론하는 것을 보다 보면 가끔 자기만 더 말하겠다고 하고, 화를 내듯이 소리를 지르는 사람이 있는데 그건 토론하는 바른 자세가 아니야. 토론을 할 때는 공평하게 말할 기회를 얻고, 예의를 갖추어 상대방에게 나의 생각을 말해야 하지.

① 어려운 낱말을 많이 사용했다.
② 여러 사람에게 예의를 갖추어 썼다.
③ 동생이나 친구가 이해하기 쉽게 썼다.
④ 읽는 사람의 수준을 생각하여 어렵게 썼다.
⑤ 여러 사람에게 생각을 전하기 위해 높임말로 썼다.

3 이 글을 읽고 난 생각이나 느낌으로 알맞지 않은 것에 ○표 하세요.

도덕

학급 회의에서 새롭게 제안하고 싶은 내용이 있습니다.

현재 우리 반은 모둠별로 교실 청소를 하고 있습니다. 월요일부터 금요일까지 한 모둠씩 청소 당번이 되어 수업이 끝나면 교실 청소를 합니다. 저는 늘 함께 집에 가는 친구가 청소 당번인 날이면 복도나 운동장에서 친구를 기다립니다. 우리 반 친구들 중에 저처럼 친구를 기다린 경험이 있는 친구들이 많을 것입니다. 저는 모두 함께 집에 갈 수 있으면 좋겠다는 생각이 들었습니다.

수업이 끝나고 청소 당번이 하던 교실 청소를 점심시간에 반 친구들과 모두 함께하면 어떨까요? 그러면 청소하는 시간이 훨씬 줄어들 것입니다. 몇 명이 교실 전체를 청소하려면 시간이 많이 걸리지만 모두가 함께 청소하면 청소 시간이 짧아질 것입니다. 모두 함께 청소하는 것이니까 각자 자기 자리와 자기 주변만 청소하면 됩니다.

다 함께 점심시간에 청소를 하면 우리 반 친구들은 수업을 마치고 모두 함께 집에 갈 수 있습니다. 그러면 청소 당번인 친구를 기다려야 하는 일도 없고, 수업을 마치고 바로 학원에 가는 친구들도 편하게 학원에 갈 수 있을 것입니다.

유형 3 글쓴이의 생각에 대한 생각이나 느낌 파악하기

글쓴이가 전하려는 생각을 이해하고 그에 대한 알맞은 생각이나 느낌을 파악하는 문제입니다. 모두 같이 청소할 경우의 장점을 잘못 이해한 친구를 찾습니다.

● **글의 종류** 논설문

● **글의 특징** 아는 것을 실천하는 것이 중요하다는 주장을 내세운 논설문입니다.

● **중심 내용**
1문단 아는 것과 실천하는 것은 어떤 관계가 있는지 살펴보기로 함.
2문단 사람들의 생각과 다르게 공부를 많이 했지만 잘못을 저지르는 사람들이 있음.
3문단 잘못을 저지르는 사람들은 머리로만 익히고 몸으로 실천하지 않기 때문임.
4문단 우리는 아는 것을 실천하는 노력을 기울여 가치 있는 삶을 살아야 함.

● **낱말 풀이**
가치 사물의 쓸모.

지문 ★★☆

낱말 ★☆☆

미국의 교육학자 존 듀이는 '이론은 실제에서 나오며 실제로 적용했을 때 가치를 가진다.'고 말했습니다. 이론은 지식 혹은 우리가 하는 공부를 뜻합니다. 실제는 실천 혹은 우리의 실제 생활 모습을 뜻하는 것이라고 할 수 있습니다. 우리는 공부하여 아는 것과 실천하는 것을 어떻게 연결해야 할까요?

사람들은 보통 똑똑한 사람, 공부를 많이 한 사람을 존경합니다. 많은 것을 알고 있는 사람에게는 배울 것이 많을 것이라고 여기기 때문입니다. 그런데 뉴스를 보면 사람들의 생각과 다른 일이 많이 있습니다. 공부를 많이 했다는 교수님이 학생들에게 함부로 욕을 하는 등 교육적으로 잘못된 행동을 저지르는 경우가 있습니다. 사람의 병을 고치는 공부를 한 의사가 돈을 벌기 위해 함부로 주사를 놔 주는 일도 있습니다. 또 법을 공부한 변호사가 법에 어긋나는 행동을 해서 감옥에 가기도 합니다.

왜 이런 일이 벌어진 것일까요? ㉠머리로는 많은 것을 배우고 익힌 사람들이지만 아는 것을 몸으로 실천하지 않았기 때문입니다. 이런 일은 우리에게도 흔히 일어납니다. 자연을 보호해야 한다는 것을 모르는 사람은 없을 것입니다. 하지만 시간이 갈수록 자연 환경은 망가지고 있습니다. 머리로 아는 것이 실천으로 옮겨지지 않은 것입니다.

결국 안다는 것은 실천을 할 때 비로소 가치가 있는 것입니다. 자신이 장애인을 배려해야 한다는 것을 알고 있다면 실제 생활 속에서 장애인을 배려하는 행동을 해야 합니다. 언제나 아는 것을 실천하는 노력을 기울여 가치 있는 삶을 살아야겠습니다.

2주 5일 학습 끝!

붙임 딱지 붙여요.

1 이 글에서 주장하는 내용으로 알맞은 것은 무엇입니까? (　　　)

이해

① 실제는 생활 속 실천을 의미한다.
② 변호사가 법을 어겨서 감옥에 갔다.
③ 이론은 공부하여 아는 것을 의미한다.
④ 아는 것을 실천하여 가치 있는 삶을 살자.
⑤ 존 듀이는 이론은 실제에서 나온다고 말했다.

2 보기 의 낱말을 이 글에서 말한 '이론'과 '실제'에 맞게 구분하여 쓰세요.

어휘

보기

지식　　실천　　행동　　공부　　아는 것　　사는 것

(1) 이론: (　　　　　　　　　　)　　(2) 실제: (　　　　　　　　　　)

3 이 글을 읽고 난 생각이나 느낌으로 알맞지 않은 것은 무엇입니까? (　　　)

비판

① 준영: 머리로 배우는 것만 가치가 있어.
② 진수: 아는 것을 실천하는 노력을 해야겠어.
③ 수빈: 실천하지 않으면 아는 것이라고 할 수 없어.
④ 재영: 법을 공부한 변호사는 법을 더 잘 지켜야 해.
⑤ 연희: 공부만 많이 한다고 해서 훌륭한 사람이 되는 것은 아니야.

4 ㉠을 친구에게 들려주는 표현으로 바꾸어 쓰세요.

문제해결

풍속을 알려 주는 속담

옛날에는 아이들이 '서당'이라는 곳에서 글을 배웠어요. '서당 개 삼 년이면 풍월을 읊는다'라는 속담은 서당에서 삼 년 동안 살면서 매일 글 읽고 시 외는 소리를 듣다 보면, 개조차도 풍월을 읊게 된다는 뜻이에요. 이렇게 우리 속담에는 조상들의 풍속이 담긴 것이 많답니다.

풍속을 알려 주는 속담

- **가을에는 부지깽이도 덤빈다** 옛날에는 아궁이에 불을 때서 음식을 만들고, 방도 따뜻하게 했어요. 아궁이 속의 불붙은 나무를 헤치거나 끌어낼 때는 가느다란 막대기를 사용했는데, 그것을 '부지깽이'라고 불렀지요. 우리 조상들은 가을이면 그동안 기른 곡식을 거두어들이느라 몹시 바빴어요. 그래서 가을에는 부지깽이도 도와야 할 만큼 바쁘다는 뜻의 속담이 생긴 거예요.
- **사또(원님) 덕에 나팔 분다** 사또(원님)는 옛날에 고을을 다스리던 관리예요. 사또가 행차할 때면 가마를 타고, 나팔 부는 사람을 앞장세웠어요. 나팔 소리가 들리면 백성들은 원님이 행차하는 것을 알고, 길 옆으로 비켜서서 고개를 조아렸지요. 그러니 앞에 서서 나팔을 부는 사람도 덩달아 인사를 받았어요. 그래서 다른 사람 덕분에 자기가 이득을 볼 때 이 속담으로 빗대어 표현했어요.
- **개 보름 쇠듯 한다** 정월 대보름은 명절의 하나로, 음력 1월 15일이에요. 대보름날이면 오곡밥과 묵은 나물, 잣과 호두 같은 갖가지 명절 음식을 먹어요. 그런데 이날 개가 음식을 먹으면 여름에 비쩍 마른다고 해서 개를 굶기는 풍습이 있었어요. '개 보름 쇠듯 한다'는 남들은 잘 먹고 지내는 명절 같은 날 제대로 먹지 못하고 지내는 것을 빗대어 표현한 말이이에요.

1 **'가을에는 부지깽이도 덤빈다'는 속담에 담긴 풍속으로 알맞은 것에 모두 ○표 하세요.**

(1) 옛사람들은 가을에 몹시 일이 많았다. (　　)
(2) 옛사람들이 불붙일 때 부지깽이를 사용했다. (　　)
(3) 옛사람들은 부지깽이와 싸우는 풍속이 있었다. (　　)

2 **㉠에 해당하는 풍속이 담긴 속담을 생각해서 쓰세요.**

"우아! 너 야구 잘한다."
"그러게. 왜 이렇게 잘하냐?"
"우리 형이 야구 선수거든. ㉠맨날 형이랑 야구를 했더니, 나도 모르게 배운 것이 있나 봐."

(　　　　　　　　　　　　　　　　　　)

이번 주 나의 독해력은?	
	이번 주 학습을 모두 끝마쳤나요?
	이야기의 흐름을 알고 간추릴 수 있나요?
	글의 전개 과정에 따라 간추릴 수 있나요?

정답 1. (1) ○ (2) ○ 2. 서당 개 삼 년이면 풍월을 읊는다

11

3주

기사문 읽기

★ 신문에서 기사문을 본 적 있지요? 다음 팻말에서 기사문을 읽는 방법이 맞으면 ○표, 틀리면 X표를 하며 길을 찾아보세요.

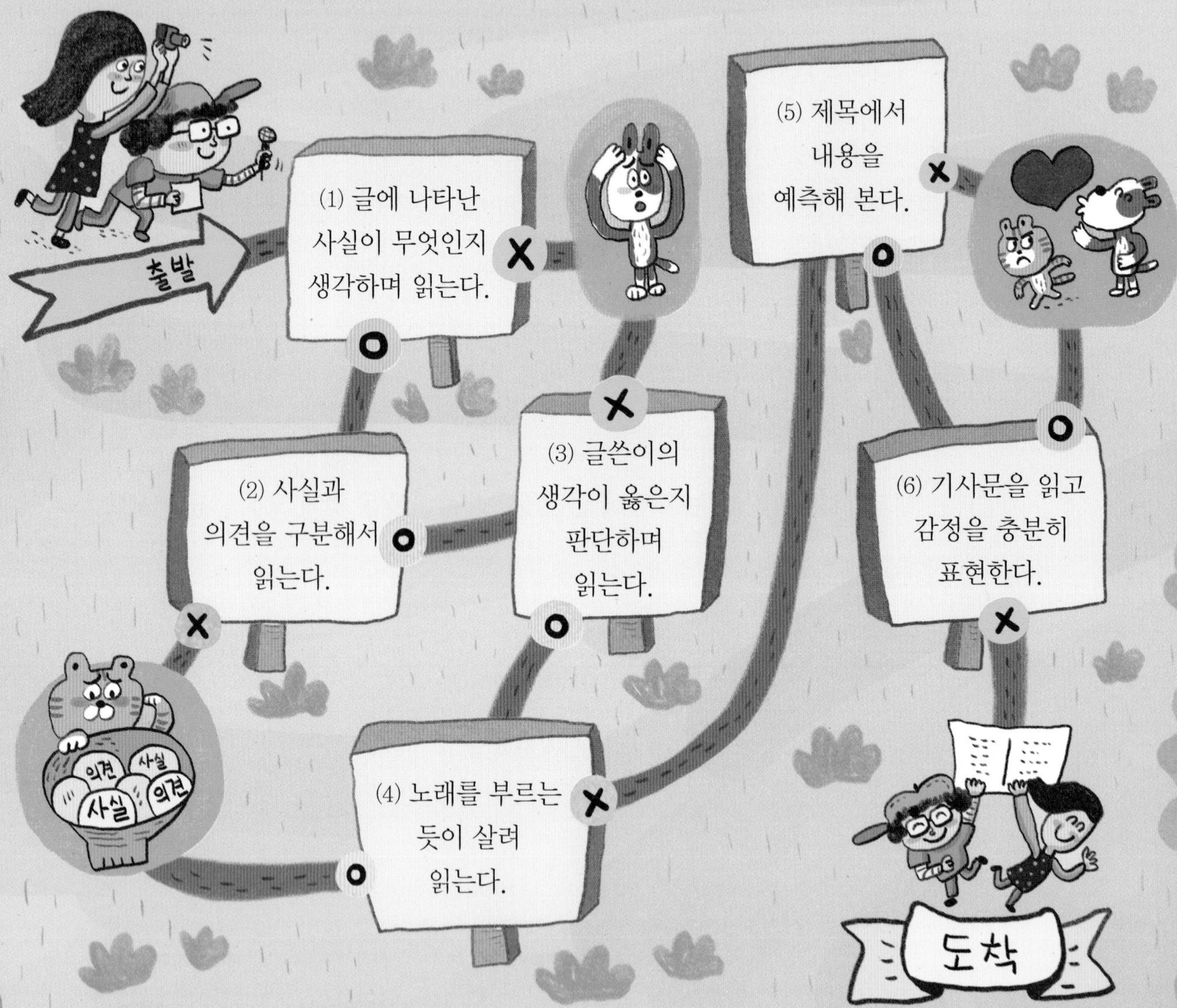

주제 탐구

신문이나 방송에서 뉴스나 읽을거리를 전달해 주는 글을 기사문이라고 합니다. 기사문은 알리려는 내용을 정확하고, 간결한 문장으로 표현합니다. 기사문을 더 잘 이해하기 위해서는 기사문의 제목과 함께 나오는 자료를 이해하는 것이 중요합니다.

● (1~3) 다음을 읽고 물음에 답하세요.

> **찜통더위 속, 피서객들 몰려**
>
> 지난 10일 폭염 특보가 내려진 가운데 강원도 일대 해수욕장에는 20여 만 명의 피서객이 몰렸다.
>
> 강원도 동해안 해수욕장은 높은 파도와 35도가 넘는 날씨 속에서 92개 해수욕장마다 피서객들의 발길이 이어졌다. 서핑 보드를 타는 사람들이 많이 찾는 양양 죽도 해변 등에는 많은 서퍼들이 몰려 높은 파도를 반기며 서핑을 즐겼다.

1 이 글에서 전달하는 것에 ○표 하세요.

(1) 사실 ( )　　　(2) 의견 ( )

2 이 글과 관련한 다음 문장이 사실이면 '사', 의견이면 '의'를 쓰세요.

(1) 해수욕장은 높은 파도와 35도가 넘는 날씨였다. ( )
(2) 강원도 일대 해수욕장에는 20여 만 명의 피서객이 몰렸다. ( )
(3) 강원도 일대 해수욕장에 수많은 사람들이 개미떼처럼 보였다. ( )
(4) 해수욕장에는 집채만 한 파도가 일었고 뜨거운 김을 쐬는 것같이 무더웠다. ( )

3 이 글을 알맞게 이해하지 <u>못한</u> 친구에 ○표 하세요.

유형 1 기사문에서 글의 내용 파악하기

기사문에서 전달하는 정보를 정확하게 파악하는 문제입니다. 서울식물원의 구성에 관한 내용을 잘 살펴봅니다.

1 이 글의 내용과 다른 것은 무엇입니까? ( )

국어

공원과 식물원을 결합한 공원, 서울식물원이 문을 열었다. 서울식물원은 여의도 공원의 2배 정도 되는 크기로 미세 먼지로 지친 서울 시민의 안식처가 될 것으로 기대된다.

서울식물원은 공원(주제원)과 온실, 문화관으로 구성되어 있다. 공원에는 열린숲, 호수원, 습지원이 있어서 여유롭게 산책을 즐기기 좋다. 따뜻한 온실에는 다양한 식물이 가득해서 날씨와 상관없이 푸른 자연을 느낄 수 있다. 또 식물에 대한 궁금증은 식물문화센터의 다양한 프로그램을 통해 해결할 수 있다.

① 서울식물원에는 공원과 온실만 있다.
② 서울식물원의 크기는 여의도 공원의 2배이다.
③ 서울식물원은 공원과 식물원이 결합된 곳이다.
④ 식물문화센터에서는 다양한 프로그램이 운영된다.
⑤ 서울식물원의 공원에는 열린숲, 호수원, 습지원 등이 있다.

유형 2 기사문에서 사용한 자료 이해하기

기사문에서 사용한 자료가 알려 주는 사실을 파악하는 문제입니다. 그림 자료의 표시 부분이 뜻하는 것을 생각해 봅니다.

삼림 나무가 우거진 숲.
소실되고 현상이나 물체들이 사라져 없어지고.

2 이 글에서 그림 자료를 통해 알 수 있는 사실은 무엇입니까? ( )

사회

아마존강의 열대림은 세계의 허파라고 불린다. 지구 산소의 25퍼센트가 이곳에서 만들어지기 때문이다. 그런데 이곳의 삼림이 빠르게 파괴되고 있다. 지난 10년 동안 아마존강의 열대림은 우리나라의 땅 면적만큼 파괴되었다고 한다. 그리고 지금 이 순간에도 빠르게 소실되고 있는 심각한 상황이다.

① 아마존 지역이 매우 덥다는 사실
② 아마존 강에는 다양한 식물이 있다는 사실
③ 아마존 강의 열대림이 점점 커지고 있다는 사실
④ 아마존 지역에 많은 종류의 동물이 살고 있다는 사실
⑤ 아마존 강의 열대림이 많이 파괴되어 줄어들고 있다는 사실

3 ㉠에 들어갈 알맞은 제목은 무엇입니까? (　　　)

사회

㉠

세계적인 스포츠 브랜드 회사의 축구공이 개발 도상국 어린이들의 손으로 만들어진 것이 알려지면서 비난이 쏟아지고 있다.

축구공은 오각형과 육각형 모양의 가죽 32조각을 바느질로 붙여서 만든다. 그래서 기술이 좋은 노동자가 하루 종일 일해도 축구공 2개를 만들 정도다. 그런데 이 바느질에 어린이들이 이용되고 있었다. 한창 축구공을 차고 뛰어놀아야 할 어린이들이 어른들의 욕심 때문에 축구공 공장에 갇혀 일을 했다는 것이 알려지면서 사람들은 분노했다. 게다가 이 어린이들은 하루 종일 일한 대가로 겨우 우리 돈으로 150원을 받았다고 한다.

사람들의 분노는 거대 스포츠 브랜드 회사 제품의 불매 운동으로 이어지고 있다. 스포츠 브랜드 회사는 이 문제에 대해 사과하고 문제 해결에 노력하겠다고 나섰다. 하지만 아직 사람들의 분노는 가시지 않고 있다.

① 32조각의 축구공
② 축구를 좋아하는 어린이
③ 세계인의 사랑을 받는 축구
④ 축구공 만들기에 이용된 어린이
⑤ 최고의 축구공을 만들기 위한 노력

유형 3 기사문에 알맞은 제목 붙이기

기사문의 내용과 그림 자료를 살펴서 알맞은 제목을 붙이는 활동입니다. 기사문에서 전달하는 내용이 무엇인지 살펴봅니다.

개발 도상국 산업의 근대화와 경제 발전이 선진국에 비하여 뒤떨어진 나라.
불매 운동 어떤 특정 상품을 사지 않는 일.

● **글의 종류** 기사문

● **글의 특징** 이 글은 프랑스 노트르담 대성당 화재를 다룬 기사문입니다. 화재가 난 시간과 원인, 과정, 소방관들의 노력과 시민들의 반응 등의 사실을 전달하고, 노트르담의 역사와 화재의 의미에 대한 의견을 폭넓게 전달하고 있습니다.

● **낱말 풀이**

진화되었다 불이 난 것이 꺼졌다.
보수 공사 낡고 부서진 건물이나 시설을 고치는 공사.
스테인드글라스 색유리를 이어 붙이거나 유리에 색을 칠하여 무늬나 그림은 나타낸 것.
고딕 12세기에 유럽에 생긴 건축 양식.
복구할 원래 상태로 회복할.

지문 ★★☆
낱말 ★★★

㉠

프랑스의 노트르담 대성당에 불이 났다. 불은 프랑스 ㉡현지 시간으로 4월 15일 밤에 시작되어 15시간 만에 진화되었다. 화재의 원인은 대성당 보수 공사를 한창 하던 과정에서 불씨가 옮겨붙은 것으로 예상하고 있다.

성당의 지붕을 태우기 시작한 불길은 순식간에 번졌다. 스테인드글라스로 가득했던 유리창이 깨지고, 성당 안에 있는 나무 구조물이 빠르게 불타 버렸다. 이 불로 대성당의 첨탑이 무너져 내리면서 불길이 번졌다. 소방관들은 불길이 번지는 것을 막는 것은 물론 대성당 안에 있는 문화재를 지켜 내기 위해 혼신의 노력을 기울였다. 불타는 노트르담 대성당 현장 주변에는 눈물을 흘리며 안타까워하는 프랑스 시민들로 가득했다.

노트르담 대성당은 프랑스를 상징하는 850년 역사를 가진 고딕 건축물이다. 세계 1차 대전과 세계 2차 대전을 거치면서도 지켜 낸 노트르담 대성당이 힘없이 불타는 모습을 보는 것은 무척 괴로운 일이었다. 그리고 이런 마음은 프랑스 국민만의 것이 아니었다. 노트르담 대성당은 매년 수많은 관광객이 모여드는 곳이며, 빅토르 위고의 소설 『노트르담의 꼽추』의 배경이 되는 곳으로 전 세계인에게도 친숙한 곳이다. 또 대성당에서는 해마다 2,000여 회의 천주교 미사가 열려서 천주교 신자들에게는 더욱 특별한 곳이었다.

프랑스 정부는 노트르담 대성당 화재로 인한 피해를 최선을 다해 복구할 것임을 밝혔다. 복구에 써 달라는 성금이 빠르게 늘어나고 있는 상황이다.

『○○일보(20○○년 4월 16일)』

1 이해

㉠에 들어갈 기사문의 제목으로 가장 알맞은 것은 무엇입니까? (　　　)

① 소방관의 노력
② 850년의 긴 역사
③ 잘못된 보수 공사
④ 눈물 흘리는 사람들
⑤ 불에 탄 노트르담 대성당

붙임 딱지 붙여요.

2 어휘

㉡과 바꾸어 쓸 수 있는 낱말로 다음 뜻을 가진 낱말을 찾아 쓰세요.

사물이 있거나 일이 생긴 그 자리.

(　　　　　　　　　　)

3 이해

이 글의 내용으로 알맞지 않은 것은 무엇입니까? (　　　)

① 노트르담 대성당에 불이 났다.
② 소방관들은 아무 노력도 할 수 없었다.
③ 성당 복구에 필요한 성금이 모이고 있다.
④ 노트르담 대성당은 오랜 역사를 지닌 건축물이다.
⑤ 많은 프랑스 사람들이 노트르담 대성당의 화재를 슬퍼하고 있다.

4 문제해결

이 글의 내용과 비슷한 경험을 떠올린 친구에 ○표 하세요.

12 회의 자료에서 알맞은 의견 찾기

3주

★ 야구부 친구들이 회의를 하고 있어요. 칠판에 쓰인 회의 주제를 보고 알맞은 의견을 말한 친구를 모두 찾아 ○표 하세요.

주제 탐구

회의는 여러 사람이 모여 문제를 해결하는 좋은 방법을 찾는 것입니다. 따라서 회의에서 자신의 의견을 나타낼 때에는 알맞은 까닭을 들어야 합니다. 또 자신의 의견 못지않게 다른 사람의 의견을 잘 듣는 것도 중요합니다.

1 회의는 야구와 같은 단체 운동 경기와 비슷한 점이 있어요. 회의와 운동 경기의 공통점을 모두 찾아 ○표 하세요.

(1) 진행하는 사람이 있다. ( )
(2) 두 명 이상이 필요하다. ( )
(3) 기록하는 사람은 필요 없다. ( )
(4) 정해진 규칙에 따라 진행한다. ( )
(5) 상대와 서로 주고받기가 이어진다. ( )
(6) 한 사람에 의해 일방적으로 이루어진다. ( )

2 보기 에서 회의할 때 주의할 점을 모두 찾아 기호를 쓰세요.

보기
㉮ 사회자의 진행에 따른다.
㉯ 무조건 재미있는 말을 한다.
㉰ 정확하고 바른 표현으로 말한다.
㉱ 자기 차례가 되었을 때에 말한다.
㉲ 상대방보다 무조건 더 크게 말한다.
㉳ 자신의 말뿐 아니라 상대방의 말에 귀 기울인다.

( )

유형 1 회의할 주제 정하기

주어진 문제 상황을 해결할 수 있는 알맞은 회의 주제를 정하는 문제입니다. 주연이가 말하는 문제 상황이 무엇인지 생각해 봅니다.

1 이 글에서 회의 주제를 알맞게 말한 친구의 이름을 쓰세요. (　　　　　　)

국어

사회자: 학급 회의를 시작하겠습니다. 먼저 회의 주제를 정하도록 하겠습니다.

주연: 요즘 우리 반에 지각하는 사람이 늘어나고 있습니다. 지각을 해도 아무런 벌칙이 없다 보니 지각하는 사람이 더 많아졌습니다. 이러다 우리 반 친구들에게 지각하는 습관이 생길까 봐 걱정입니다.

명호: 이번 회의 주제를 '우리 반 지각을 줄이기 위한 방법'으로 하면 어떨까요? 좋은 방법을 찾아서 지각을 줄이도록 합시다.

재인: '등교 시간을 늦추자.'로 정하는 것이 좋겠습니다. 그러면 지각도 사라질 것입니다.

아영: '선생님 말씀을 잘 듣자.'로 정하면 좋겠습니다. 지각도 선생님의 말씀을 잘 듣지 않은 것이기 때문입니다.

유형 2 회의 주제에 알맞은 의견 찾기

회의 주제에 알맞은 의견을 찾는 문제입니다. 근거가 타당하며 실천이 가능한 의견을 찾습니다.

2 이 회의 주제에 가장 적합한 의견은 무엇입니까? (　　　)

도덕

사회자: 우리 학교 화장실을 깨끗하고 편리하게 사용하기 위해서는 어떻게 하는 것이 좋을지 의견을 말씀해 주십시오.

진호: 화장실 문에 예쁜 이름표를 만들어서 붙였으면 좋겠습니다. 문이 예쁘면 화장실도 자연히 깨끗해질 것입니다.

호영: 화장실 사용을 하루에 한 번씩만 하도록 합시다. 그러면 화장실이 더 깨끗하게 유지될 것입니다.

영소: 쉬는 시간 15분 중 5분만 화장실 사용을 허용하면 화장실이 더러워지는 것을 막을 수 있습니다.

소미: 화장실 칸마다 화장실을 깨끗하게 사용하는 법을 쓴 안내문을 붙여 두어 화장실 사용 예절이 몸에 배게 하는 것이 좋겠습니다.

미연: 두 명씩 화장실에 가게 해서 화장실을 더럽히는지 감시하게 하는 것이 필요합니다.

① 화장실 문 예쁘게 꾸미기
② 하루에 한 번만 화장실 사용하기
③ 쉬는 시간 5분만 화장실 쓰기
④ 화장실에 사용 예절 안내문 붙이기
⑤ 두 명씩 화장실에 가서 서로 감시하기

3 이 글에 나타난 명수의 의견에 대한 근거를 모두 고르세요. (   )

국어

사회자: 오늘 회의의 주제는 '고운 말을 쓰자.'입니다. 고운 말을 쓰기 위한 방법으로 어떤 것이 좋을지 의견을 말씀해 주십시오.

명수: 고운 말 사용을 위해 저는 '말 한 마디로 천 냥 빚 갚기 캠페인'을 했으면 합니다.

사회자: 어떤 내용인지 자세히 설명해 주시기 바랍니다.

명수: '말 한마디에 천 냥 빚도 갚는다'는 말이 있습니다. 말만 잘하면 어려운 일이나 불가능한 일도 해결할 수 있다는 뜻이지요.

이 캠페인을 통해 고운 말을 하는 사람에게 백 냥 스티커를 주는 것입니다. 우리 반 학생 모두에게 백 냥 스티커를 5장씩 나눠 주고 고운 말을 한 친구에게 한 장씩 나눠 주도록 합니다. 소리를 지르거나 거친 말을 하거나 욕을 하면 이 스티커는 절대로 받을 수 없습니다.

이러면 백 냥 스티커를 열 장을 모으는 친구가 생길 것입니다. 그 친구에게는 청소 당번을 빼 주는 등 혜택을 줍니다. 이렇게 하면 재미있어서라도 고운 말을 사용하게 될 것입니다. 그리고 친구에게 고운 말, 칭찬하는 말을 더 하게 될 것입니다. 고운 말을 하는 친구는 스티커를 받아서 좋고, 고운 말을 들은 친구는 고운 말 때문에 기분이 좋아질 것입니다. 그러면 자연히 친구 사이도 좋아질 것입니다.

① 백 냥 스티커는 좋은 기념품이 된다.
② 친구 사이에 고운 말을 더 쓰게 된다.
③ 선생님께 고운 말을 많이 배울 수 있다.
④ 캠페인으로 더 재미있게 고운 말을 쓰게 된다.
⑤ 고운 말을 들으면 친구 사이도 좋아질 것이다.

유형 3 의견에 대한 근거 알기

회의에서 나온 의견 중 의견에 대한 근거를 알아보는 문제입니다. 의견이 설득력 있고, 논리적이기 위해서는 알맞은 근거가 뒤따라야 합니다.

●**글의 종류** 회의 기록문

●**글의 특징** 이 글은 학교 앞 횡단보도에서 교통사고가 발생하는 문제 상황에 대해 안전 사고를 줄이기 위한 방법을 회의한 내용을 기록한 것입니다.

●**낱말 풀이**
방향 지시등 자동차가 움직일 방향을 불빛을 내서 알려 주는 기구.

지문 ★★☆
낱말 ★★☆

사회자: 제21회 학급 회의를 시작하겠습니다. 오늘 회의의 주제는 '학교 앞 안전사고를 줄이자.'입니다. 안전사고는 위험이 발생할 수 있는 장소에서 조심하지 않아서 일어나는 사고를 뜻합니다. 얼마 전에 학교 앞 횡단보도에서 교통사고가 일어난 일이 있어서 안전사고를 줄이기 위한 노력이 필요하다는 의견이 많았습니다. 어떻게 하면 학교 앞 안전사고를 줄일 수 있을지 말씀해 주시기 바랍니다.

성재: 학교에서 학생들에게 교통사고 위험 지역을 알리고, 길을 걸어갈 때나 횡단보도를 건널 때 주의할 점을 교육해야 한다고 생각합니다. 어린이 교통사고는 주로 길을 걸어가는 중에 일어난다고 합니다. 어린이들이 자동차를 운전하는 일은 없기 때문입니다.

연지: ㉠<u>어린이가 운전할 일은 없지만 자동차 운전에 대한 기본적인 교육을 하는 것도 필요하다고 생각합니다</u>. 우리 엄마는 운전하면서 오른쪽으로 가려고 할 때 자동차의 오른쪽 방향 지시등을 켜십니다. 이것은 자동차가 다른 자동차나 사람에게 보내는 신호입니다. 어린이들도 방향 지시등처럼 간단한 운전 지식을 알아 두면 안전사고 예방에 도움이 될 것입니다.

새롬: 횡단보도에서 절대 뛰지 말아야 합니다. 아무리 신호등이 초록불이어도 횡단보도에서 급하게 뛰어다니면 사고가 날 확률이 높아집니다.

재영: 주차장이나 차가 다니는 도로에서 놀지 말아야 합니다. 공놀이 같은 놀이에 집중하다 보면 자동차를 피하지 못하는 일이 생길 수 있습니다.

1 이해

이 글에서 나온 의견이 <u>아닌</u> 것은 무엇입니까? (　　　　)

① 횡단보도에서 뛰지 말자.
② 아이들에게 운전을 가르치자.
③ 주차장이나 도로에서 놀지 말자.
④ 학교에서 교통사고 위험 지역을 알려야 한다.
⑤ 학교에서 횡단보도를 건널 때 주의할 점을 교육해야 한다.

3주 2일 학습 끝!

붙임 딱지 붙여요.

2 이해

이 글에서 회의를 하게 된 문제 상황은 무엇입니까? (　　　　)

① 어린이들이 학교를 걸어서 다닌다.
② 학교 앞 신호등이 적은 문제가 있다.
③ 어린이들이 운전을 못하는 문제가 있다.
④ 학교 앞 횡단보도에서 교통사고가 일어났다.
⑤ 어린이들이 안전에 대한 인식이 부족한 문제가 있다.

3 어휘

다음 뜻을 가진 낱말을 이 글에서 찾아 쓰세요.

위험이 발생할 수 있는 장소에서 조심하지 않아서 일어나는 사고.

(　　　　　　　　　　　　)

4 이해

㉠에 대한 근거를 알맞게 말한 친구에 ○표 하세요.

(1) 운전하는 사람과 친해지기 위해서야.

(2) 방향 지시등을 꼭 켜고 운전하게 하기 위해서야.

(3) 간단한 지식을 알면 안전사고 예방에 도움이 되기 때문이야.

13 낱말의 뜻을 짐작하며 글 읽기

3주

★ 밑줄 친 낱말들의 뜻을 짐작해 사다리 타기를 해 보세요.

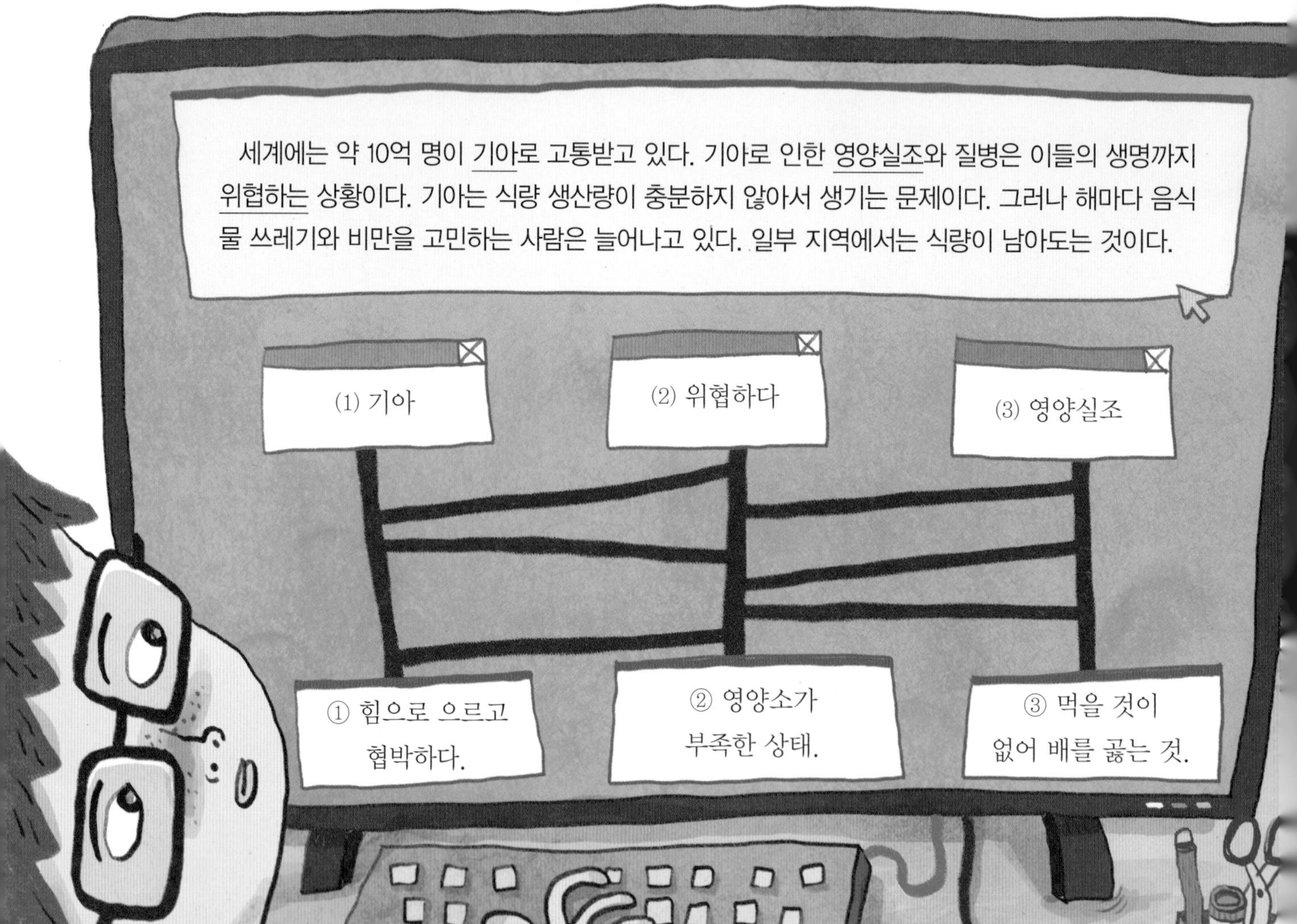

주제 탐구

글을 읽다가 낱말의 뜻을 알고 싶을 때에는 국어사전을 찾거나 낱말의 뜻을 짐작해 볼 수 있습니다. 문맥의 앞뒤 내용을 살펴서 뜻을 이해하거나, 낱말을 쪼개어 뜻을 짐작하기도 하고, 모양이 비슷한 다른 낱말의 뜻으로 뜻을 미루어 짐작할 수 있습니다.

1 ㉠~㉢의 낱말을 쪼개어 뜻을 알아보았어요. 빈칸에 알맞은 말을 쓰세요.

세 방송사들이 ㉠손잡고 100여 명의 한류 스타들이 총출연하는 콘서트를 개최했습니다. 다시없을 ㉡기막힌 공연을 보기 위해 5만 명의 관객들이 섭씨 30도를 ㉢오르내리는 더위 속에서도 공연을 관람했습니다.

(1) ㉠	[ ]을 + 잡다	함께하다.
(2) ㉡	기가 + [ ]	놀랍다, 신기하다.
(3) ㉢	[ ] + 내리다	어떤 기준보다 조금 넘쳤다 모자랐다 하다, 변화가 있다.

2 다음 밑줄 친 낱말과 바꾸어 쓸 수 있는 말을 보기 에서 골라 쓰세요.

보기

타당한	이상한	고통받고
도움받고	꼭 필요한	없어도 되는

(1) 공기와 물은 살아가는 데 필수적 요소이다. [ ]

(2) 늘어나는 쓰레기로 산과 바다가 시달리고 있다. [ ]

(3) 누구도 정당한 이유 없이 차별받아서는 안 된다. [ ]

유형 1 글에서 모르는 낱말의 뜻 짐작하기

글의 앞뒤 내용을 살펴 낱말의 뜻을 짐작해 보는 문제입니다. 낱말을 바꾸어 써 봤을 때 어색하지 않아야 합니다.

인구 절벽 생산 가능 인구가 급격하게 줄어드는 현상을 이름.

1

사회

㉠~㉤의 뜻을 알맞게 짐작하지 못한 것은 무엇입니까? (　　　)

한때 우리나라는 높은 출산율로 ㉠인구 밀도가 매우 높은 나라였다. 빠르게 늘어나는 인구수를 ㉡감당하지 못해서 한 학급의 학생 수가 60~70명이나 되어 콩나물시루에 비유되기도 했다.

하지만 지금 우리나라의 출산율은 인구 절벽이라 불릴 정도로 낮아진 상태다. 사람들이 결혼과 출산을 ㉢기피하면서 이런 문제는 점점 심각해지고 있다. 국가에서는 다양한 출산 ㉣장려 정책을 펼치고 있지만 어떤 효과가 있을지 ㉤미지수다.

① ㉠: 일정한 지역의 단위 면적에 대한 인구수의 비율.
② ㉡: 견뎌 내지.
③ ㉢: 꺼리거나 피하면서.
④ ㉣: 좋은 일에 힘쓰도록 북돋아 줌.
⑤ ㉤: 아주 큰 수.

유형 2 비유하는 표현의 뜻 짐작하기

문단의 내용을 바탕으로 빗대어 표현한 ㉠의 뜻을 이해하는 문제입니다. 글에서 설명한 비무장 지대의 특징을 생각해 봅니다.

2

도덕

㉠의 뜻을 알맞게 이해한 친구에 ○표 하세요.

3년 동안 이어진 한국 전쟁에 쉼표를 찍은 남과 북은 휴전선을 중심으로 비무장 지대를 두었다. 비무장 지대는 군사적 충돌을 피하기로 한 곳으로 이곳에는 군대도, 무기도, 군사 시설도 설치하지 않기로 했다. 하지만 지금도 비무장 지대는 분단의 아픔과 ㉠전쟁의 기운이 서려 있는 곳이다.

3 ㉠~㉤의 뜻을 짐작하여 바꾼 낱말로 알맞지 않은 것은 무엇입니까? ( )

사회

석탄, 석유, 천연가스는 아주 오래전 지구에 살았던 생물들이 땅속에 묻혀서 만들어진 것입니다. 그래서 이것을 화석 연료라고 합니다.

화석 연료는 보통 수백만 년에서 수억 년의 시간을 통해 만들어지기 때문에 매장량이 ㉠한정되어 있습니다. 따라서 계속 ㉡채취해서 쓰다 보면 언젠가는 ㉢고갈될 것입니다.

전문가들에 따르면 천연가스의 경우 앞으로 몇 십 년 후면 ㉣바닥이 날 것이라고 합니다. 상황이 이렇다 보니 에너지 자원을 둘러싼 다툼이 일어나는 상황입니다. 자원 다툼은 세계 석유의 13퍼센트, 천연가스의 30퍼센트가 매장된 북극을 둘러싸고 주로 벌어지고 있습니다. 미국, 러시아, 캐나다, 노르웨이 등이 북극에 ㉤영유권을 주장하고 있습니다. 그리고 세계 석유의 60퍼센트가 매장된 페르시아만 일대는 에너지 자원을 둘러싼 다툼이 매우 심한 곳입니다. 일부 지역에서는 석유 자원을 차지하기 위한 전쟁을 벌이는 일도 있습니다. 한 방울의 석유를 지키기 위해 인명의 희생과 재산의 피해를 감수하는 것입니다.

① ㉠: 정해져
② ㉡: 파내서
③ ㉢: 많아질
④ ㉣: 다 쓰고 없어질
⑤ ㉤: 영토에 대한 권리

유형 3 뜻이 통하는 낱말로 바꾸기

모르는 낱말의 뜻을 짐작하기 위해 비슷한 뜻을 가진 낱말로 바꾸어 보는 문제입니다. 제시된 낱말을 넣어서 뜻이 통하는지 확인해 봅니다.

★ 낱말의 뜻을 짐작하며 글을 읽어 보세요.

●**글의 종류** 설명문

●**글의 특징** 이 글은 명작인 「몽유도원도」를 그리게 된 계기와 과정, 그리고 가치를 설명하고 있습니다.

●**중심 내용**
1문단 「몽유도원도」는 안견이 그린 그림임.
2문단 안평 대군은 꿈에서 본 광경을 그림으로 그려 달라고 안견에게 부탁했음.
3문단 안견은 굵은 선과 가는 선으로 생생하게 그림을 그렸음.
4문단 안평 대군은 완성된 그림에 그림을 그린 과정을 글로 남겼음.
5문단 「몽유도원도」는 조선 세종 때 최고 수준의 그림, 시, 글씨가 어우러진 작품임.

●**낱말 풀이**
명작 이름난 훌륭한 작품.
절벽 아주 높이 솟아 있는 험한 낭떠러지.
화사한 화려하고 고운.
문인 글을 짓거나 글씨 쓰는 일을 하는 사람.
두루마리 가로로 길게 이어 돌돌 만 종이.
표구했는데 그림 뒷면에 종이나 천을 풀로 발라서 꾸몄는데.

지문 ★★☆

낱말 ★★☆

「몽유도원도」는 옛 그림 중에서 ㉠손꼽히는 명작입니다. 「몽유도원도」를 그린 사람은 ㉡조선의 4대 화가로 불리는 안견입니다.

안견이 「몽유도원도」를 그린 것은 안평 대군의 꿈 때문이었습니다. 세종 대왕의 셋째 아들인 안평 대군은 어느 날 신기한 꿈을 꾸었습니다. 꿈속에서 안평 대군은 길을 잃고 말았습니다. 한참을 헤매고 있는데 한 노인이 나타나 길을 안내해 주었습니다. 노인을 따라 울창한 숲을 지나고 깎아지른 절벽을 지났더니 눈앞에 놀라운 광경이 펼쳐졌습니다. 사방으로 높은 산이 서 있고, 구름과 안개로 뒤덮인 복숭아나무 숲이 있었던 것입니다. 안평 대군은 너무도 생생한 꿈이 신기하여 안견을 찾아가 꿈 이야기를 했습니다. 그리고 자신이 꿈에서 본 광경을 그려 달라고 부탁했습니다.

옛날 화가들은 오랜 연습을 통해 선 그리는 방법을 익혀서 그림을 그렸는데 안견도 마찬가지였습니다. 안견은 굵은 선을 이용하여 깎아지른 바위산을 그리고, 가는 선으로 복사꽃이 핀 화사한 풍경을 그렸습니다. 굵은 선과 가는 선이 어우러지니 그림 속 풍경은 실제 모습처럼 생생한 느낌을 주었습니다. 안견은 이 그림을 삼 일 만에 완성했습니다.

그리고 이 그림이 완성되기까지의 과정을 안평 대군이 글로 적었습니다. 안평 대군은 명필로 유명했습니다. 이렇게 「몽유도원도」는 안견과 안평 대군이 힘을 모아 완성된 그림입니다.

「몽유도원도」는 안견의 그림과 안평 대군의 글뿐 아니라 21명의 문인들과 스님의 글도 곁들여 있습니다. 이 그림은 조선 초기 세종 때 최고 수준의 그림, 시, 글씨가 함께 어우러진 훌륭한 작품입니다. 「몽유도원도」는 두 개의 두루마리로 나누어 표구했는데, 일본에 빼앗겨서 현재까지 돌려받지 못하고 있습니다.

안견, 「몽유도원도」

1 「몽유도원도」에 대한 설명으로 알맞지 않은 것은 무엇입니까? (　　　)

이해

① 안견은 굵은 선으로 바위산을 표현했다.
② 안견은 삼 일만에 「몽유도원도」를 그렸다.
③ 「몽유도원도」에는 복사꽃이 그려 있지 않다.
④ 「몽유도원도」에는 안평 대군의 글씨도 쓰여 있다.
⑤ 「몽유도원도」를 일본에 빼앗겨서 돌려받지 못하고 있다.

붙임 딱지 붙여요.

2 ㉠의 뜻을 가장 알맞게 짐작한 것은 무엇입니까? (　　　)

추론

① 일등을 나타내는 말이다.
② 손을 세는 행동을 나타내는 말이다.
③ '손'이 들어 있어 손으로 비는 것을 뜻한다.
④ 손을 사용해서 무언가를 만들었다는 말이다.
⑤ '손에 꼽힐 정도로 몇 개 없는 뛰어난'이라는 뜻이다.

3 ㉡을 통해 짐작할 수 있는 내용이 아닌 것은 무엇입니까? (　　　)

추론

① 안견은 화가이다.
② 안견은 조선 시대 사람이다.
③ 안견은 안평 대군과 매우 친했다.
④ 안견은 조선 시대의 유명한 화가이다.
⑤ 조선 시대를 대표하는 화가는 4명이 있다.

4 「몽유도원도」를 그리게 된 계기를 알맞게 말한 친구의 기호를 쓰세요. (　　　)

이해

㉮ 재영: 안견은 정말 솜씨가 좋은 화가였어.
㉯ 준희: 안평 대군은 훌륭한 화가이자 명필이야.
㉰ 예진: 「몽유도원도」는 조선 시대를 대표하는 그림이래.
㉱ 호철: 안평 대군이 안견에게 자신의 꿈 이야기를 들려주며 그림을 그려 달라고 했대.

14 제안하는 글 읽기

3주

★ 다음 메모에 나타난 문제를 해결할 방법을 제안했어요. 사다리 타기를 하며 친구들의 제안에 대한 까닭을 찾아보세요.

날이 더워지면서 식수대를 이용하는 친구들이 늘고 있습니다. 그런데 늘 식수대에 줄이 길게 늘어서 있어서 사용이 불편합니다. 또 많은 사람이 한꺼번에 이용하니까 식수대 주변에 물이 많이 흘러서 바닥이 지저분해지고 있습니다.

주제 탐구

제안하는 글은 문제 상황을 해결하기 위한 방법을 제안하는 글입니다. 제안하는 글에는 다른 사람을 설득하기 위한 합리적 이유가 들어 있습니다. 제안하는 글을 읽을 때에는 어떤 문제 상황인지, 제안 내용은 무엇인지, 제안하는 까닭과 함께 따져 보아야 합니다.

● (1~3) 다음을 읽고 물음에 답하세요.

해마다 반려동물 관련 사고가 2천 건이 넘는다고 합니다. 그런데 이 중에는 목줄을 제대로 하지 않아서 생기는 사고도 있다고 합니다. 이것은 반려동물을 입양하는 사람이 반려동물에 대한 이해가 부족해서 발생하는 것입니다.

이 같은 일을 조금이라도 막으려면 동물을 입양하기 전에 반려동물에 대한 교육을 받아야 합니다. 왜냐하면 입양하는 사람에게 동물 입양에 대한 책임감을 깨우치게 할 수 있기 때문입니다. 그리고 동물을 키울 때 주의할 것을 미리 알려 주어 사고도 막을 수 있기 때문입니다.

그러므로 동물 입양을 고민하거나 반려동물을 키우고 있는 사람이라면 기꺼이 교육을 받을 준비를 해야 합니다.

1 이 글에서 알 수 있는 문제 상황은 무엇입니까? (　　)

① 반려동물을 싫어하는 사람이 많다.
② 목줄을 하지 않아서 생기는 사고가 많다.
③ 동물 입양을 고민하는 사람이 늘고 있다.
④ 해마다 반려동물 사고가 많이 일어난다.
⑤ 반려동물을 키우고 싶은 사람이 늘고 있다.

2 이 글에서 글쓴이가 제안한 내용에 ○표 하세요.

(1) 반려동물을 키울 환경이 되지 않으면 키우지 말자. (　　)
(2) 동물을 입양하기 전에 반려동물에 대한 교육을 받자. (　　)
(3) 입양 전에 반려동물을 입양할 수 있는 자격을 심사받자. (　　)

3 이 글에서 글쓴이가 제안하는 까닭을 골라 기호를 쓰세요. (　　)

㉮ 사람과 동물의 생활 방식을 맞추려고
㉯ 동물을 키울 때 준비물을 알려 주려고
㉰ 동물 입양에 대한 책임감을 깨우치게 하려고

유형 1 문제 상황 파악하기

제안하는 글에 나타난 문제 상황을 파악하는 문제입니다. 글쓴이가 곤란했던 경험이 무엇인지 찾아봅니다.

1 이 글에 나타난 문제 상황은 무엇입니까? (   )

도덕

돈이 필요할 때 용돈을 다 써 버리고 없어서 곤란했던 적 없나요? 나는 친구 생일 선물을 사려고 문구점에 갔다가 돈이 없어서 곤란했던 적이 있습니다. 얼마 전 나와 가장 친한 친구 형우의 생일이었습니다. 나는 형우 생일 선물을 사려고 지갑을 들고 문구점에 갔습니다. 그런데 지갑을 열어 보고 깜짝 놀랐습니다. 선물을 사기에는 너무 적은 돈이 남아 있었기 때문입니다. 용돈 받은 지도 며칠 되지도 않았는데 벌써 바닥이 난 것입니다. 우리가 용돈을 쓸 때에는 계획을 세워서 써야겠습니다.

① 용돈을 받지 못하는 상황
② 문구점에 갈 수 없는 상황
③ 친구 생일 잔치에 못 가는 상황
④ 친구 생일 선물 사는 데 용돈을 다 써 버린 상황
⑤ 용돈이 적게 남아서 친구의 생일 선물을 못 사는 상황

유형 2 제안하는 내용 알기

제안하는 글에서 제안하는 내용이 무엇인지 알아보는 문제입니다.

2 이 글에서 글쓴이가 제안하는 내용을 찾아 쓰세요.

도덕

도서관에서 책을 읽다가 궁금한 것이 있어서 친구에게 물어봤다. 친구도 나와 같은 궁금증이 있었다고 해서 우리는 그 문제에 대해 잠깐 의논을 했다. 그러다가 도서관 선생님께 혼이 났다. 선생님은 무서운 얼굴을 하시며 또 이야기를 하면 내쫓겠다고 하셨다.

나는 도서관에서 친구와 간단한 토론은 할 수 있게 했으면 좋겠다. 책을 읽고 든 생각을 이야기하면서 나누면 기억에 오래 남고, 대화를 통해 더 많은 것을 배우고 느낄 수 있기 때문이다. 유대인들의 도서관은 우리처럼 조용하지 않다고 한다. 유대인들은 토론을 매우 좋은 공부로 여긴다고 한다. 그래서 책을 읽은 후에는 식사 자리에서나 도서관에서나 편하게 토론을 한다고 한다.

3 이 글의 제안 내용에 대한 까닭으로 알맞은 것은 무엇입니까? (　　　)

사회

우리 동네 작은 슈퍼마켓이 문을 닫았다. 그 슈퍼마켓은 내가 아주 어릴 때부터 다녔던 단골 가게였기 때문에 허전한 마음이 들었다. 그런데 이렇게 문을 닫는 슈퍼마켓이 우리 동네에만 있는 것이 아니다. 동네마다 대형 매장이 들어오면서 작은 슈퍼마켓이 사라지고 있다. 또 대형 매장이 많아지면서 재래시장을 찾는 사람도 줄어들고 있다.

그래서 나는 사람들이 동네 슈퍼나 재래시장을 이용했으면 한다. 동네 슈퍼 단골 되기나 한 달에 두 번 재래시장에서 장보기 캠페인을 여는 것이다.

사람들은 보통 주말이면 대형 매장에 가서 일주일 동안 필요한 물건을 산다. 대형 매장에는 식료품, 가전제품, 생활용품, 옷 등 모든 것을 한꺼번에 살 수 있고, 주차장, 문화 시설 이용도 편리하기 때문이다. 그런데 이런 편리함 때문에 모두 대형 매장을 이용하면 동네 슈퍼며 재래시장은 모두 사라지고 말 것이다. 그런데 다시 생각해 보면 슈퍼마켓을 하는 분들과 재래시장에서 장사하시는 분들은 바로 우리 이웃이다. 대형 매장으로 사람들이 모두 몰려가면 우리 동네 이웃의 일자리가 줄어들 수밖에 없다. 이웃이 모두 함께 잘살기 위해서는 조금 불편하더라도 가까운 동네 슈퍼나 재래시장을 이용하려는 노력이 필요하다.

① 물건 값이 더 싸다.
② 우리 가족이 더 편하게 살 수 있다.
③ 주말마다 계획적인 소비를 하게 된다.
④ 주차장에 차가 너무 많아져 불편해진다.
⑤ 동네 슈퍼와 재래시장에서 일하는 우리 이웃의 일자리가 줄어든다.

유형 3 제안하는 까닭 알기

제안하는 내용에 대한 제안하는 까닭을 알아보는 문제입니다.

단골 가게 늘 정해놓고 거래를 하는 가게.
캠페인 사회적으로나 정치적으로 어떤 목적을 이루기 위해 지속적으로 행하는 것.

★ 제안하는 내용을 파악하며 글을 읽어 보세요.

●글의 종류 논설문

●글의 특징 식당에서 어린이 손님을 거부하는 문제 상황을 보고, 가게에서 어린이 손님을 거부하지 말고 어른과 어린이가 어울려서 행복하게 사는 사회를 만들자고 제안한 글입니다. 어린이 차별과 어린이에 대한 잘못된 인식을 이유로 들었습니다.

●중심 내용

1문단 가게에서 어린이 손님 입장을 제한하는 것이 옳은 것인지 살펴보기로 함.

2문단 같은 문제가 있는데도 어린이 손님만 입장을 제한하는 것은 어린이 차별임.

3문단 어린이 손님 출입 제한은 어린이에 대한 부정적 생각을 생기게 할 수 있음.

4문단 가게에서 어린이 손님을 거부하지 말고 어른과 어린이가 어울려서 행복하게 사는 사회를 만들어야 함.

●낱말 풀이

우려 근심하거나 걱정함.

지문 ★★☆

낱말 ★★☆

얼마 전에 식당에 갔다가 식당 주인이 어린이 손님은 입장할 수 없다고 하는 바람에 다시 돌아온 일이 있다. 나뿐만 아니라 다른 친구들도 이와 같은 경험을 했다는 이야기를 들었다. 실제로 요즘에는 어린이 손님의 출입을 금지하는 식당과 카페가 늘고 있다. 그런데 가게에서 어린이 손님의 입장을 제한하는 것이 과연 옳은 것일까?

뉴스에서 보니까 소리에 집중해야 하는 일부 음악회나 공연에서는 이미 오래전부터 어린이들의 입장을 제한한다고 한다. 오랜 시간 집중하기 힘든 어린이들이 즐기지 못하는 공연이라면 이러한 제한이 꼭 나쁘다고 생각하지는 않는다. 하지만 식당과 카페처럼 많은 사람이 편하게 찾는 곳에서 어린이라는 이유로 입장을 제한하는 것은 문제가 있다고 생각한다. 어른들은 어린이들이 뛰어다니고 시끄럽게 해서 불편하다고 말하지만 실제로 시끄럽게 떠들고 싸우면서 예의를 지키지 않는 어른들도 많이 있다. 그런데도 어린이만 입장을 막는 것은 어린이 차별이라고 생각한다.

또한 식당이나 카페에서 어린이 손님의 입장을 제한하는 것은 그 자체보다 더 큰 문제점이 있다. 사람들에게 어린이에 대한 부정적인 생각을 생기게 할 우려가 있기 때문이다. 실제로 식당과 카페에서 피해를 주는 어린이는 아주 적은데 모든 어린이가 피해를 주는 존재라고 여겨질 수 있는 것이다. 이 같은 어린이에 대한 부정적인 생각은 장차 우리나라를 이끌어 가야 할 어린이를 존중하지 않는 태도를 만들 것이다.

우리 사회는 가게에서 어린이 손님을 거부하는 일 없이 어른과 어린이가 어울려서 행복하게 사는 사회를 만들어야 한다.

1 이 글에서 글쓴이가 겪은 문제 상황은 무엇입니까? (　　　)

이해

① 어른과 어린이가 서로 싸운 일
② 어린이라는 이유로 공연을 못 본 일
③ 자신이 어린이라서 식당에 들어가지 못한 일
④ 식당에서 어린이 손님에게 가격을 할인해 준 일
⑤ 어린이가 나라를 이끌 주인공이라고 칭찬받은 일

붙임 딱지 붙여요.

2 이 글에서 글쓴이가 제안하는 내용은 무엇입니까? (　　　)

이해

① 어린이를 사랑하자.
② 어린이 전용 식당을 만들자.
③ 어린이와 어른의 환경을 구분하자.
④ 가게에서 어린이 손님에게 예의를 지키게 하자.
⑤ 어른과 어린이가 어울려서 행복하게 사는 사회를 만들자.

3 ㉮~㉱ 중 글쓴이가 제안하는 까닭을 모두 골라 기호로 쓰세요. (　　　　)

이해

㉮ 어른을 차별하는 일이 되기 때문이다.
㉯ 어린이를 차별하는 일이 되기 때문이다.
㉰ 어른에 대한 부정적인 생각을 갖게 하기 때문이다.
㉱ 어린이에 대한 부정적인 생각을 갖게 하기 때문이다.

4 제안하는 글의 특성으로 알맞지 않은 것은 무엇입니까? (　　　)

구조

① 제안하는 이유가 있어야 한다.
② 다른 사람을 설득할 수 있어야 한다.
③ 글쓴이의 개성과 감성이 잘 드러나야 한다.
④ 제안하는 내용에 대한 까닭이 있어야 한다.
⑤ 문제를 해결하기 위한 방법이 들어 있어야 한다.

15 인물의 삶을 다룬 글 읽기

★ 다음 인물 카드에서 설명하는 주인공은 누구일까요? 보기 에서 골라 빈칸에 쓰세요.

보기

김구　　윤봉길　　안중근　　헬렌 켈러　　신사임당　　허난설헌

(1)

• 조선 시대의 예술가이다.
• 여성이 존중받지 못하던 시대에 뛰어난 그림과 글 실력을 발휘하여 「초충도」 등 훌륭한 작품을 많이 남겼다.
• 율곡 이이의 어머니로서 자식 교육에 헌신했다.

(2)

• 일제 강점기의 독립운동가이다.
• 우리나라 침략의 원흉인 이토 히로부미를 죽였다.
• 삼흥학교를 세워 우리나라의 인재를 키워 냈다.
• 교육으로 우리 민족의 힘을 키우려고 애썼다.

주제탐구

인물의 삶을 다룬 글은 전기문이라고 합니다. 전기문을 통해 한 인물의 삶과 인물이 살았던 시대 상황, 인물이 중요하게 여긴 가치를 알 수 있습니다. 훌륭한 인물의 전기문을 읽으면 많은 교훈을 얻을 수 있습니다.

1 이 글의 내용이 해당하는 것을 찾아 선으로 이으세요.

제인 구달

제인 구달은 세계적인 동물학자예요. 제인 구달은 어릴 때부터 침팬지의 행동에 흥미를 느꼈어요. 그런데 당시 사람들은 침팬지에 대한 관심이 없었어요. 그래서 침팬지가 많이 사는 아프리카로 가기 위해 닥치는 대로 일을 하며 돈을 모았어요.

제인 구달은 아프리카 밀림으로 가서 캠프를 치고 침팬지와 고릴라, 오랑우탄과 함께 지냈어요. 동물도 감정이 있고 그것을 표현한다고 생각한 제인 구달은 10년 동안 침팬지를 연구하며 침팬지의 다양한 행동들에 대한 여러 사실을 발견했어요. 그리고 침팬지를 포함한 동물 보호와 환경 운동에도 앞장서서 '침팬지의 엄마'라고 불리게 되었어요. 제인 구달은 '동물들도 기쁨과 슬픔, 절망을 경험한다.'는 유명한 말을 남겼어요.

(1) 제인 구달은 동물 행동을 연구하고 동물 보호와 환경 운동을 했어요. •	• ① 시대 상황
(2) 제인 구달이 살던 시대에 사람들은 침팬지에 대해 관심이 없었어요. •	• ② 인물의 말
(3) 제인 구달은 동물도 사람과 같이 감정이 있고 표현한다고 생각했어요. •	• ③ 인물의 업적
(4) 제인 구달은 밀림에 캠프를 치고 침팬지와 10년 동안 함께 생활했어요. •	• ④ 인물의 성격
(5) '동물들도 기쁨과 슬픔과 절망을 경험한다.'는 유명한 말을 남겼어요. •	• ⑤ 인물의 생각

유형 1 인물이 살았던 시대 상황 알기

인물을 다룬 글을 읽고 인물이 살았던 시대 상황을 알아보는 문제입니다.

귀양살이 먼 시골이나 섬에서 사는 벌을 받고 정해진 곳에서 사는 생활.

1 인물이 살았던 시대 상황으로 알맞지 않은 것은 무엇입니까? (　　　)

국어

정약용은 조선 시대 유명한 학자이자 정치가입니다. 정약용은 정조 왕이 돌아가신 후 관직에서 물러나 귀양을 갔습니다. 정약용이 귀양살이를 한 곳은 집에서 멀리 떨어진 강진이었습니다. 정약용은 귀양살이를 하면서도 공부하고 책 읽기를 게을리하지 않았습니다. 그리고 자식들에게는 편지를 보내 아버지로서의 역할도 잊지 않았습니다. 정약용은 큰아들에게 보낸 편지에서 '옳은 것을 지키면서 생활하다 보면 해를 입는 경우도 있지만, 해를 입을까 봐 두려워서 옳지 못한 행동을 해서는 안 된다.'고 당부하기도 했습니다.

① 왕이 다스리던 시대였다.
② 정치가가 귀양을 가기도 했다.
③ 정약용은 조선 시대에 살던 사람이다.
④ 당시에 귀양지는 멀리 떨어진 곳에 있었다.
⑤ 당시에 부모와 자식은 모두 떨어져서 생활했다.

유형 2 인물이 한 일 찾기

글을 읽고 인물이 한 일이 무엇인지 알아보는 문제입니다. 이 글에 나온 테레사 수녀는 평생 가난한 사람과 고아를 도와 노벨 평화상을 받은 인물입니다

2 인물이 한 일을 정리할 때, 빈칸에 들어갈 알맞은 말을 찾아 쓰세요.

도덕

인도 콜카타 지방에는 집 없는 고아와 빈민들이 많이 있었습니다. 이들이 생활하는 곳은 주로 갠지스강 주변이었습니다. 낮이면 강 주변에 긴 행렬을 이룬 채 앉아 있다가 밤이면 그늘진 곳에 동굴을 마련하고 그 속에서 살았습니다.

하지만 이들을 반기는 곳이 있었습니다. 콜카타의 빈민가 한가운데에 있는 '사랑의 집'이었습니다. '사랑의 집'에서 이들을 맞은 사람은 테레사 수녀였습니다. 테레사 수녀는 평생 동안 가난에 허덕이고 배고픔으로 죽어 가는 수많은 인도 사람들을 도왔습니다.

• 테레사 수녀는 '　　　　　'에 오는 빈민과 고아를 도왔다.

3 ㉠과 ㉡과 같은 인물의 말에서 본받을 점을 찾아 선으로 이으세요.

사회

학교를 세워 조선 청년 교육에 노력했던 이승훈은 독립운동을 했다는 이유로 일본 경찰 앞에 끌려가게 되었다. 이승훈은 자신을 잡아 온 일본 경찰을 무섭게 노려보며 말했다.

"학생들에게 교육을 시킨 것이 죄라니 도대체 이 세상에서 죄가 아닌 것이 무엇이오? 나에게 그것을 가르쳐 준다면 나는 평생 죄를 짓지 않고 살아가겠소."

이승훈의 말에 일본 경찰도 소리를 치며 물었다.

"단지 교육만 시켰을 뿐이라는 거요? 그럼, 당신이 교육하는 목적이 무엇이오?"

㉠"나는 조선 사람을 조선 사람답게 길러 내려는 것이오."

"당신이 아직도 조선 사람이라고 생각하는 것이오? 이제 조선은 일본이 되었으니 당신은 일본 사람이오!"

㉡"어림없소! 난 500년 역사를 가진 조선 사람이오!"

당당하게 맞서는 이승훈에게 말문이 막힌 일본 경찰은 바로 이승훈을 감옥에 가두었다. 하지만 이승훈의 애국심은 절대 꺾을 수 없었다. 이승훈은 죽을 때까지 꿋꿋하게 조선을 위한 교육에 힘썼다.

(1) ㉠ •　　• ① 일본 경찰 앞에서도 꿋꿋하게 조선 사람임을 밝히는 이승훈 선생의 용기가 존경스럽다.

(2) ㉡ •　　• ② 빼앗긴 나라를 되찾기 위해 우리 민족의 정신을 지키는 교육에 힘썼던 이승훈 선생을 본받아야겠다.

유형 3 인물의 말에서 본받을 점 찾기

인물이 한 말에 담긴 삶의 태도나 한 일을 보고 느낀 점이나 본받을 점을 찾는 문제입니다.

●**글의 종류** 전기문

●**글의 특징** 이 글은 제2차 세계 대전 때 독일군 장군이었던 코르티츠 장군의 전기문 중 일부입니다. 코르티츠 장군은 세계 전쟁을 일으킨 독일의 군인이었지만 파리를 파괴하라는 명령을 어기며 인류의 문화유산을 지켜 냈습니다.

●**낱말 풀이**

연합군 제2차 세계 대전 당시 독일군에 맞서 싸우기 위해 여러 나라의 군인이 모여 만든 군대.

상관 직책이 자기보다 높은 사람.

적군 전쟁 상대국의 군인이나 적대 관계에 있는 나라의 군인.

소신 굳게 믿고 생각하는 것.

지문 ★☆☆

낱말 ★☆☆

제2차 세계 대전은 독일이 폴란드를 침공하면서 유럽으로 퍼진 전쟁입니다. 프랑스마저 독일군의 손아귀에 들어가자 이에 맞서기 위해 연합군이 프랑스 노르망디에 상륙합니다. 그러자 독일군은 프랑스의 수도 파리를 더 이상 점령할 수 없다고 판단합니다.

그래서 독일의 지도자 히틀러는 당시 프랑스 점령군 사령관이었던 코르티츠 장군을 부릅니다. 그리고 코르티츠에게 파리를 파괴하라는 명령을 내립니다. 그 뒤 나폴레옹이 잠들어 있는 앵발리드 기념관에 2톤의 폭약이 장치되고, 노트르담 대성당에도 3톤의 폭약이 장치되었습니다.

이제 남은 것은 독일군 장군 코르티츠의 명령뿐이었습니다. 코르티츠 장군의 명령만 떨어지면 파리는 잿더미가 되는 것이었습니다.

'내가 지금까지 상관의 명령을 한 번도 어긴 적이 없지만, 이렇게 아름다운 도시 파리를 폭발시키라는 것은 옳지 않아!'

코르티츠 장군은 쉽게 명령을 내리지 못했습니다. 파리는 그에게 분명히 적군의 수도였습니다. 그리고 그의 적군은 이 도시를 되찾기 위해 눈앞에 다가오고 있었습니다. 코르티츠는 상관인 히틀러의 명령을 따라야 했던 것입니다. 그러나 파리에는 인류 문화유산이 많이 있었습니다. 코르티츠 장군은 그 문화유산이 전쟁이란 이름으로 한순간에 사라질 것을 생각하니 아찔했습니다.

긴 고민 끝에 코르티츠 장군은 폭파 명령을 내리지 않은 채, 스스로 연합군의 포로가 되었습니다. 문화를 사랑하는 그의 선택 덕분에 파리는 온전할 수 있었습니다. 포로가 되기 직전에 그는 아내에게 전화를 했습니다. 그리고 이렇게 말했습니다.

㉠"<u>나는 포로가 될 것이오. 하지만 나는 나의 양심과 소신을 지켰소.</u>"

붙임 딱지 붙여요.

1 이해

이 글에 나오는 사건의 시대적 배경은 언제입니까? (　　　)

① 한국 전쟁
② 제1차 세계 대전
③ 제2차 세계 대전
④ 독일 프랑스 전쟁
⑤ 독일 폴란드 전쟁

2 어휘

이 글에서 다음과 같은 뜻을 가진 낱말을 찾아 쓰세요.

- 생활 도구, 유물과 유적, 성터와 궁터 등이 해당함.
- 전통 음악, 춤, 놀이, 굿이나 마을 축제 등이 해당함.
- 인류의 문화 중에서 후손들에게 물려줄 만한 가치가 있음.

(　　　　　　　　　　)

3 추론

㉠에 나타난 인물이 중요하게 여기는 가치는 무엇입니까? (　　　)

① 세계의 문화를 하나로 묶으려는 생각
② 세계 평화를 위한 독일 군인의 책임감
③ 인류 문화유산을 지켜 내야 한다는 생각
④ 새로운 문화유산을 만들어야 한다는 부담감
⑤ 독일의 문화를 세계 최고 문화로 만들려는 욕심

4 비판

코르티츠 장군이 한 일에 대한 생각으로 알맞지 않은 친구에 ○표 하세요.

(1) 코르티츠 장군의 희생으로 문화유산을 지킬 수 있었어.

(2) 문화유산을 생각할 때 코르티츠 장군의 선택은 정말 훌륭해.

(3) 파리의 문화유산을 지켰지만 전쟁을 일으킨 것은 잘못이야.

마음을 나타내는 표현

'마음이 콩밭에 가 있다.'는 이득이나 흥미가 있는 것에만 관심을 갖고 정신을 파는 경우를 이르는 말이에요. 여기서 '콩밭'이란 '좋아하는 어떤 것'을 비유한 말로, 해야 할 일을 건성건성 하면서 다른 일에 신경 쓰는 것을 말할 때 쓰지요. 이렇게 우리 속담에는 마음을 나타내는 표현이 많답니다.

마음을 나타내는 표현

- **마음을 놓다** 걱정이나 근심, 긴장 따위를 잊거나 풀어 없앤다는 뜻이에요.
  예 위험한 곳에 가지 않을 테니 마음을 놓으세요.
- **마음이 굴뚝 같다** 무엇을 간절히 하고 싶거나 원한다는 뜻이에요.
  예 아! 놀러 가고 싶은 마음이 굴뚝 같다.
- **마음이 무겁다** 마음이 유쾌하지 않고 우울하다는 뜻이에요.
  예 시험을 생각하면 마음이 무거워.
- **마음이 돌아서다** 가졌던 마음이 아주 달라졌다는 뜻이에요.
  예 난 그 친구에게서 마음이 돌아섰어.
- **속이 타다** 걱정이 되어 마음이 몹시 조급해졌다는 뜻이에요.
  예 친구가 어디로 갔는지 알 수가 없어서 속이 타요.
- **속이 좁다** 마음 쓰는 것이 너그럽지 못하다는 뜻이에요.
  예 그만한 일로 삐치다니, 왜 그렇게 속이 좁니?

1 다음 빈칸에 들어갈 말을 보기에서 골라 쓰세요.

"동민이에게 말실수를 했어. 휴, 그래서 마음이 [㉠]."
"저런. 동민이에게 미안하다고 사과하지 그래?"
"그러고 싶은 마음이 [㉡], 동민이가 사과를 받아 주지 않으면 어쩌지?"

보기

무거워　　돌아섰어　　놓이는데　　굴뚝 같은데

(1) ㉠: (　　　　　)　　(2) ㉡: (　　　　　)

2 다음 중 '속이 좁다'와 뜻이 반대인 표현은 무엇입니까? (　　　)

① 속이 없다　② 속이 넓다　③ 속을 끓이다
④ 속을 태우다　⑤ 속을 모르다

이번 주 나의 독해력은?	
	이번 주 학습을 모두 끝마쳤나요?
	글의 전개 과정에 따라 내용을 간추릴 수 있나요?
	낱말의 뜻을 짐작하며 읽을 수 있나요?

정답 1. (1) 무거워 (2) 굴뚝 같은데 2. ②

PART 3

문제해결 독해

글에서 감동적인 부분을 찾아 글쓴이의 마음에 공감하고
글을 읽고 난 감동을 표현하며 읽어요.
또, 여러 글에 나타난 다양한 문제 상황과 해결 방법을
나의 생활에 적용하며 창의적으로 읽는 방법을 배워요.

contents

16

시에 대한 생각이나 느낌 표현하기

4주

★ 다음 시에서 느껴지는 생각이나 느낌을 표정이나 몸짓으로 잘 표현한 친구를 모두 찾아 ○표 하세요.

놀이터

노원호

폴짝폴짝 뛰면서
줄넘기하자.
하늘까지 닿도록
뛰뛰어 보자.
참새들도 놀다 가는 놀이터에는
고운 꿈이 날마다
쑥쑥 자란다.

날마다 왁자지껄
들리는 소리
깔깔대며 뛰노는
놀이터에는
낮에는 아이들이 꿈을 키우고
밤에는 별들이
쉬어서 간다.

주제탐구

시를 읽고 생각이나 느낌을 표현하기 위해서는 내용을 파악한 후에 시 속 인물의 마음을 상상하면서 자신의 느낌을 표현할 수 있습니다. 시에 대한 느낌은 그림 그리기, 몸짓으로 표현하기, 오행시 짓기 등으로 나타낼 수 있습니다.

1 이 시를 읽으면 어떤 맛이 느껴지는지 보기 에서 모두 골라 쓰세요.

사과

반질반질
예쁜 사과
아사삭
베어 문다.

새콤달콤
맛난 사과
못 참고
다시 벤다.

보기

쓴맛 짠맛 감칠맛 달콤한 맛 매운맛 새콤한 맛

( )

2 〈문제 1번〉과 같이 시를 읽고 생각이나 느낌을 표현하는 방법으로 맞으면 ○표, 틀리면 X표 하세요.

(1) 시를 읽고 내용을 파악한다. ☐

(2) 자신이 시 속 인물인 것처럼 상상해 본다. ☐

(3) 시 속 인물과 비슷한 경험을 떠올려 본다. ☐

(4) 시에 대한 느낌을 그림이나 몸짓으로 표현해 본다. ☐

(5) 시 속 인물의 경험과 똑같은 생각이나 느낌을 갖는다. ☐

유형 1 시 속의 장면 상상하기

시 속에 표현된 장면을 떠올려 보는 문제입니다.

1 ㉠을 읽고 떠오르는 장면에 ○표 하세요.

국어

미술 시간

정용원

㉠하얀 도화지에
파란 하늘 그리고
푸른 바다 그린다.

어느새 나는
갈매기 되어
너울너울
푸른 도화지 위를 날고 있다.

(1)

(2)

(3)

(1) (　　　　　)　(2) (　　　　　)　(3) (　　　　　)

유형 2 시 속 인물의 마음 헤아리기

시를 읽고 시에 등장하는 인물의 마음이 어떤 상태인지 헤아려 보는 문제입니다.

2 ㉠에서 짐작할 수 있는 시 속 인물의 마음은 무엇입니까? (　　　)

국어

쥐눈이콩

이준관

쥐눈이콩알만 한 게 까분다고
나를 무시하지만

햇빛을 봐
빗방울을 봐

㉠쥐눈이콩 작다고
무시하는 거 봤어
업신여기는 거 봤어

(후략)

① 무시해도 괜찮다는 마음
② 무시당하는 것이 슬픈 마음
③ 누군가를 무시하는 마음
④ 무시하겠다고 다짐하는 마음
⑤ 무시하지 말라고 부탁하는 마음

3 이 시를 읽고 난 생각과 느낌을 알맞게 말한 친구에 ○표 하세요.

국어

싸움한 날

김종영

싸움하고
집으로 가는 날
내 그림자는 더 길어지고
마을은 더 멀어집니다.

나는 바람 찬 언덕 위
앙상한 겨울나무.

어머니의 따슨 손이
내 마음을 녹이고
어머니의 사랑의 말씀이
눈물이 됩니다.

그날 밤
밤새도록 달려갑니다.
달을 안고
친구에게로 달려갑니다.

(1) 따뜻한 아버지의 사랑이 느껴지는 시야.

(2) 시 전체에서 활기찬 기분이 느껴졌어.

(3) 나도 친구와 싸우면 마음이 아팠는데, 시에서 그 마음이 느껴져.

(4) '나'는 다음 날 학교에서 달리기 시합을 했을 거야.

유형 3 시에 대한 생각과 느낌 표현하기

시를 읽고 시의 내용과 시 속 인물의 마음을 파악해 생각과 느낌을 표현하는 문제입니다.

따슨 뜨겁지 않고 온도가 알맞게 따뜻한. '따스한'의 시적 표현.

 ★ 시에 대한 생각이나 느낌을 표현하며 읽어 보세요.

●**글의 종류** 동시

●**글의 특징** 지구에서 일어나는 자연 현상을 통해 지구가 가진 위대한 힘을 이야기한 시입니다.

●**중심 내용**
1연 씨앗은 땅을 뚫고 나오는 힘이 있음.
2연 물방울은 시든 곡식을 일으켜 세우는 힘이 있음.
3연 공기는 동물을 숨쉬게 하는 힘이 있음.
4연 씨앗, 물방울, 공기 같은 작은 힘들이 모여 지구의 힘을 만들어 냄.

지문 ★★☆

낱말 ★☆☆

지구의 힘

이준관

땅을 뚫고 나오는
조그만
씨앗의 힘

시들어 가는 들녘의 곡식들을
푸르게 일으켜 세우는
조그만
물방울의 힘

개구리도 황소도
불룩불룩 숨 쉬게 하는
조그만
공기의 힘

알겠니?
㉠그 작은 힘들이 지구의 힘이란다

1 ㉠이 의미하는 것은 무엇입니까? (   )

이해

① 지구에는 작은 힘만 있다.
② 지구는 힘이 너무 약하다.
③ 물방울의 힘이 지구의 힘이다.
④ 지구의 힘은 씨앗의 힘뿐이다.
⑤ 작은 힘들이 모여 만든 지구의 힘은 크다.

붙임 딱지 붙여요.

2 ㉮~㉱ 중 1연을 읽고 떠올릴 수 있는 장면의 기호를 쓰세요. (   )

추론

㉮
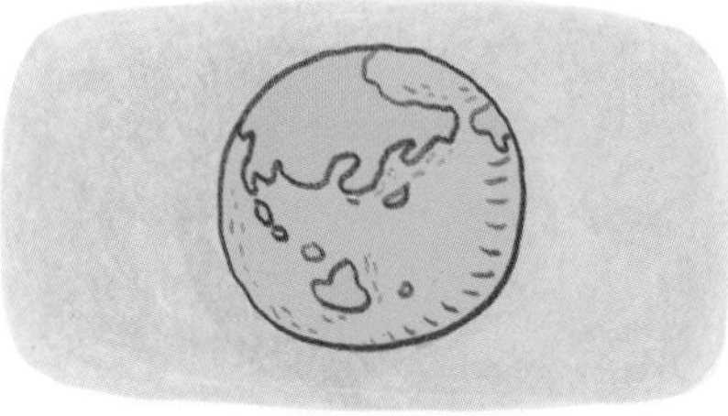

㉯

㉰

㉱

3 이 시에서 보기 의 일들을 모두 하는 대상을 찾아 쓰세요. (   )

추론

보기

- 땅을 뚫고 나옴.
- 개구리와 황소를 숨 쉬게 함.
- 시든 곡식을 푸르게 자라게 함.

4 이 시를 읽고 난 생각과 느낌으로 알맞지 않은 것은 무엇입니까? (   )

비판

① 지구의 위대함이 느껴지는 시였어.
② 지구의 힘이 너무 작아서 아쉽다고 느꼈어.
③ 작은 힘들이 모여 지구의 힘이 된다는 것을 깨달았어.
④ 지구에는 정말 여러 가지 힘이 있다는 것이 느껴졌어.
⑤ 지구의 힘을 읽고 나니 지구가 더 소중하게 느껴졌어.

17

4주

이야기를 읽고 생각이나 느낌 표현하기

★ 다음 이야기 속 인물의 말을 읽은 생각이나 느낌을 보기에서 골라 빈칸에 그려 보세요.

(1)

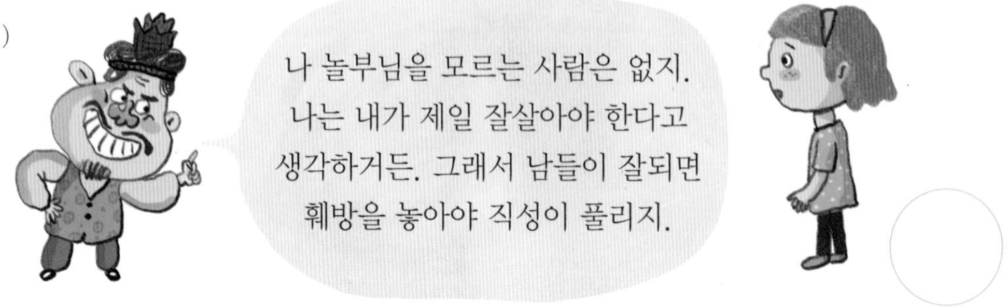

(2)

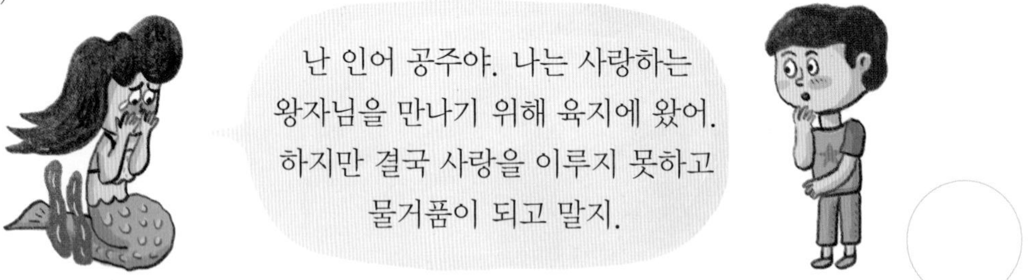

(3)

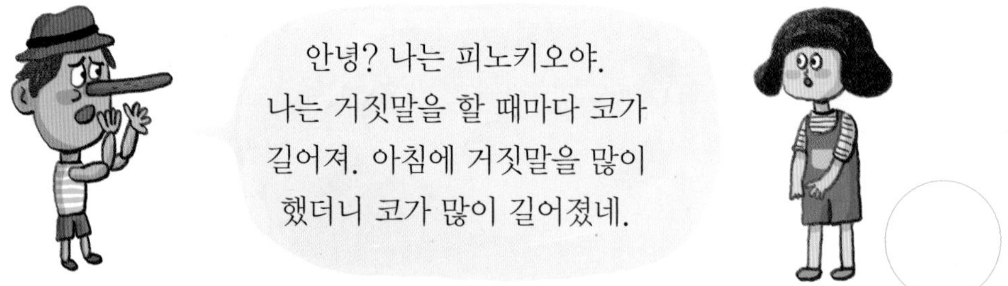

보기

주제탐구

이야기를 읽고 자신의 생각이나 느낌을 표현하기 위해서는 이야기의 내용을 잘 이해해야 합니다. 이야기 속에서 일어난 일을 살펴보고 인물의 마음을 헤아려 보거나, 인물의 행동한 까닭, 사건의 원인과 결과를 따져서 생각과 느낌을 나타냅니다.

1 다음 장면을 보고 난 생각이나 느낌을 알맞은 것에 ○표 하세요.

산에서 호랑이를 만난 젊은이는 어떻게 하면 살 수 있을까 궁리했어요. 그래서 자기가 호랑이 동생인 것처럼 거짓말을 했지요.

(1) 젊은이의 성실함을 배워야겠어.

(2) 호랑이를 만날지도 모르니까 산에는 절대 올라가지 말아야겠어.

(3) 젊은이가 아주 좋은 꾀를 생각해 냈다고 생각해!

2 다음 장면에 알맞은 생각이나 느낌에 ○표 하세요.

호랑이는 다음 날 아침 젊은이의 집 마당에 산돼지를 잡아서 찾아왔어요.

(1) 호랑이는 산돼지를 싫어하는 것 같아. ( )

(2) 어머니도 호랑이가 너무 보고 싶을 거야. ( )

(3) 호랑이는 어리숙하지만 효심만은 정말 감동적이야. ( )

유형 1 이야기의 내용 알기

이야기의 내용을 알맞게 파악하는 문제입니다.

1 소녀가 '아름다운 신호'라고 불리게 된 까닭은 무엇입니까? (　　　)

국어

벌판 외딴집에 한 소녀가 살고 있었습니다. 소녀가 살고 있는 집 주위로는 여객 열차와 화물 열차가 날마다 지나갔습니다. 소녀는 기차가 지날 때마다 문 밖에 나와서 웃으며 손을 흔들었습니다.

처음에는 기관사들도 이 소녀를 유심히 보지 않았습니다. 그러나 한 달, 두 달이 지나자, 그곳을 지나가는 기차의 기관사라면 누구든지 그 소녀를 알게 되었습니다. 그래서 언제부터인가 이 소녀는 기관사들 사이에서 '아름다운 신호'라고 불리게 되었습니다.

① 훌륭한 기관사였기 때문에
② 신호등 대신 신호를 보내 줘서
③ 기차가 가는 길을 알려 주어서
④ 기관사들이 신호를 부탁했기 때문에
⑤ 외딴집에서 기차가 지날 때마다 손을 흔들어 줘서

유형 2 인물의 마음 헤아리기

이야기 속 상황을 이해하고, 인물의 행동이나 말을 살펴서 인물의 마음을 짐작해 보는 문제입니다.

2 ㉠에 나타난 '자니'의 마음으로 알맞은 것은 무엇입니까? (　　　)

국어

폭풍우가 사정없이 내리치는 밤, 오두막집에는 어부의 다섯 아이들이 쌔근쌔근 잠을 자고 있었습니다. ㉠<u>하지만 어부의 아내이자 아이들의 엄마인 자니는 잠을 이룰 수 없었습니다.</u>

"바람이 점점 더 거세지는 것 같군. 남편은 무사할까?"

자니는 창밖을 한참 바라보더니 겨우 의자에 앉아 헝겊 조각을 들었습니다. 그리고 긴 숨을 한 번 내쉬고는 바늘로 헝겊 조각을 이었습니다.

자니의 남편은 지금 고기를 잡으러 바다에 나가 있었습니다. 가난한 살림에 하루도 고기잡이를 쉴 수 없다며 나선 것입니다. 자니도 살림에 보태기 위해 밤마다 헝겊 조각을 잇대어 낡은 돛을 기웠습니다.

빅토르 위고, 「가난한 사람들」

① 기쁜 마음　② 지루한 마음　③ 걱정하는 마음
④ 기대하는 마음　⑤ 쉬고 싶은 마음

3 이 이야기를 읽고 난 생각이나 느낌으로 알맞은 것에 ○표 하세요.

국어

흙은 시냇가에 누운 채, 한눈도 팔지 않고 큼직한 희망으로 스스로를 위로하며, 가만히 때가 오기를 기다리고 있었습니다.

"언젠가는 때가 올 거야. 언제까지나 여기서 이렇게 썩지는 않을 거야. 영광과 아름다움과 명예는 때만 오면 내 손에 들어오고 말걸."

어느 날 흙은 마침내 제자리에서 옮겨지게 되었습니다. 쇠로 만든 얇은 삽날이 흙 밑에 박히더니, 다른 흙덩이와 함께 짐수레 속에 던져졌습니다. 그리고 몹시 울퉁불퉁한 길로 흔들리며 끌려갔습니다. 그러나 흙은 두려워하지도 않고, 실망하지도 않으며, 혼자 중얼거렸습니다.

"할 수 없지. 멋진 곳에 가려면 언제나 험한 길을 거치는 거야."

흙이 도착한 곳은 그릇을 만드는 공장이었습니다. 흙은 짐수레에서 내려지자 통에 담겼습니다. 통에 들어가자마자 뒤섞이고, 다져지고, 쑤셔지고, 헤쳐지고, 짓눌렸습니다. 그러나 흙은 이렇게 야단스런 대접을 받는 다음에는 반드시 좋은 일이 생길 것이라고 스스로 위로했습니다. 어떤 괴로움이라도 그저 눈 딱 감고 견디기만 하면, 나중에는 놀라울 만큼 좋은 보람이 있을 것이라고 믿었습니다.

(1) 냇가에서 흙장난을 하며 놀면 건강해질 거야.

(2) 나도 흙으로 멋진 도자기를 만들어야겠어.

(3) 흙처럼 희망을 잃지 않으면 무엇이든 될 수 있어!

(4) 나도 흙처럼 즐거운 여행을 하고 싶어.

유형 3 이야기에 대한 생각이나 느낌 표현하기

이야기를 읽고 이야기의 내용을 바탕으로 자신의 생각이나 느낌을 표현하는 문제입니다. 흙이 희망을 잃지 않는 모습에 대한 생각이나 느낌을 찾습니다.

 ★ 이야기의 내용을 파악하며 읽어 보세요.

● **글의 종류** 이야기(소설)

● **글의 특징** 이 글은 너새니얼 호손이 쓴 「큰 바위 얼굴」의 일부입니다. 제시된 부분은 어머니의 말을 듣고 어니스트가 큰 바위 얼굴을 만날 것을 기대하는 부분입니다.

● **낱말 풀이**
마일 거리의 단위로 1마일은 1.6킬로미터에 해당함.

지문 ★★☆

낱말 ★★☆

어니스트가 사는 마을은 주변이 온통 산으로 둘러싸인 조용하고 평화로운 마을이었다. 이 마을의 특징이라고 한다면 마을에서 1마일쯤 떨어진 산 중턱에 마치 살아 있는 사람의 얼굴처럼 보이는 바위가 있다는 것이었다. 마을 사람들은 언젠가부터 그 바위를 '큰 바위 얼굴'이라고 불렀다.

어니스트는 어릴 때부터 큰 바위 얼굴을 좋아했다. 큰 바위 얼굴을 보고 있으면 마음이 편안해졌다. 가끔은 인자한 얼굴을 한 큰 바위 얼굴이 말을 거는 것 같았다.

석양이 비치던 어느 날, 어머니와 함께 큰 바위 얼굴을 바라보던 어니스트가 말했다.

"어머니, 저는 큰 바위 얼굴과 가끔 마음속으로 이야기를 나눠요."

"어니스트, 이 마을에는 옛날부터 전해지는 이야기가 있단다. 언젠가 이 마을에 저 '큰 바위 얼굴'과 똑같이 생긴 사람이 나타나서 마을을 행복하게 할 거라는 거야. 우리 마을 사람들은 몇 백 년 동안이나 큰 바위 얼굴을 닮은 사람을 기다리고 있단다. 아직까지 그 사람은 나타나지 않았지만 언젠가는 꼭 나타날 거다."

어머니의 말씀을 들은 어니스트의 표정이 환해졌다.

"어머니, 전 큰 바위 얼굴을 한 사람을 꼭 만나고 싶어요."

어니스트는 '큰 바위 얼굴'을 볼 때마다 그 사람을 만날 희망과 기대로 가슴이 부풀어 올랐다.

너새니얼 호손, 「큰 바위 얼굴」

1 이 글의 배경이 되는 장소는 어디입니까? (   )

이해

① 산꼭대기　　② 논이 많은 마을
③ 바닷가 마을　　④ 산으로 둘러싸인 마을
⑤ 바위 조각이 많은 마을

4주 2일 학습 끝!

붙임 딱지 붙여요.

2 다음 중 '큰 바위 얼굴'에 대한 내용으로 알맞지 <u>않은</u> 것은 무엇입니까? (   )

이해

① 큰 바위 얼굴은 사람의 얼굴을 닮았다.
② 큰 바위 얼굴은 인자하지는 않지만 힘이 세 보였다.
③ 몇 백 년 동안 마을 사람들이 큰 바위 얼굴을 기다리고 있다.
④ 마을 사람들은 큰 바위 얼굴을 닮은 사람이 나타날 것이라고 믿었다.
⑤ 마을 사람들은 큰 바위 얼굴을 닮은 사람이 마을을 행복하게 할 것이라고 믿었다.

3 어니스트가 '큰 바위 얼굴'에 대해 느끼는 생각이나 느낌을 보기에서 <u>모두</u> 찾아 기호를 쓰세요.

추론

보기

㉮ 편안한 느낌	㉯ 무서운 느낌	㉰ 친근한 느낌
㉱ 견고한 느낌	㉲ 귀여운 느낌	㉳ 차가운 느낌

(   )

4 이 글을 읽고 난 생각이나 느낌으로 알맞지 <u>않은</u> 것은 무엇입니까? (   )

비판

① 재원: 어니스트는 어머니 말씀을 잘 들어야 해.
② 민아: 내게는 아빠가 큰 바위 얼굴 같은 존재야.
③ 정후: 내게도 큰 바위 얼굴이 나타났으면 좋겠어.
④ 강인: 큰 바위 얼굴을 닮은 사람은 참 좋은 사람일 거야.
⑤ 효주: 큰 바위 얼굴이 나타나서 어니스트도, 마을 사람들도 행복하기를 바라.

18 인물의 말이나 행동에 대한 의견 표현하기

4주

★『홍길동전』에 나오는 홍길동이 재판을 받는다면, 어떤 일이 벌어질까요? 홍길동의 행동에 대한 의견에 ○표 하고, 그렇게 생각한 이유를 쓰세요.

(1) 홍길동은 (**죄인이다 / 죄가 없다**).

(2) 그 이유는 ( ) 때문이다.

주제 탐구

이야기 중에 일어난 일에 대해 이야기 속 인물끼리 의견이 다른 경우가 있습니다. 이때 일어난 일이 무엇인지 먼저 알아보고, 인물의 말과 행동을 살펴서 각각의 인물이 가진 의견을 파악해 봅니다. 그리고 그 일에 대한 자신의 의견도 나타내 봅니다.

● (1~3) 다음을 읽고 물음에 답하세요.

여우 집에 놀러 갔던 두루미는 넓적한 접시에 담긴 음식을 하나도 먹지 못했어요. 며칠 후, 두루미는 여우를 초대해서 목이 긴 호리병에 음식을 대접했지요. 그러자 이번에는 여우가 음식을 먹을 수 없었어요.

1 두루미가 호리병에 음식을 대답한 까닭에 ○표 하세요.

(1) 호리병 그릇이 예뻐서 ( )
(2) 여우에게 최고의 대접을 하려고 ( )
(3) 여우에게 같은 일을 당한 것을 되갚아 주려고 ( )

2 여우가 두루미에게 고약하다고 말한 까닭에 ○표 하세요.

(1) 두루미의 성격이 고약하기 때문에 ( )
(2) 두루미가 준 음식 냄새가 고약해서 ( )
(3) 자신이 먹지 못할 그릇에 준 두루미의 마음을 알고 화가 나서 ( )

3 두 인물에 대한 의견으로 알맞은 것에 ○표 하세요.

(1) 여우는 고기반찬을 좋아하는데 호리병에 넣어 준 것은 두루미의 잘못이야. 그리고 호리병을 내온 것은 여우의 이기심 때문이야. ( )
(2) 여우가 먼저 두루미를 배려하지 않았으니 여우가 잘못한 거야. 하지만 두루미도 여우처럼 친구를 배려하지 않았기 때문에 잘한 것은 아니야. ( )

유형 1 일어난 일 파악하기

이야기에서 일어난 일이 무엇인지 파악하는 문제입니다. 이야기 속에서 일어난 일 중에서 가장 중요한 사건을 찾습니다.

1 이 글에서 사나이에게 일어난 중요한 사건은 무엇입니까? (　　　)

국어

옛날에 일하기 싫어하는 게으른 사나이가 있었습니다.

"여보, 이제 그만 놀고 밭에 나가서 일 좀 하구려."

아내가 잔소리를 하자, 일하기도 싫고 아내의 잔소리도 듣기 싫었던 사나이는 집을 나와 버렸습니다. 그렇게 집을 나와 뒷산을 넘어가는데 한 노인이 이상하게 생긴 탈을 만들고 있었습니다.

"여보시오, 당신이 만드는 그 괴상한 것이 무엇이오?"

"일하기 싫어하는 사람이 쓰면 좋은 것을 만든다오."

사나이는 그 탈을 쓰게 해 달라고 노인에게 부탁했습니다. 노인은 사나이에게 탈을 씌워 주었습니다. 그러자 사나이는 소가 되었습니다.

① 집을 나간 일　② 밭일을 한 일　③ 탈을 만든 일
④ 뒷산으로 간 일　⑤ 탈을 쓰고 소가 된 일

유형 2 등장인물의 생각이나 마음 파악하기

인물의 말과 행동에 드러난 인물의 생각을 파악하는 문제입니다.

2 이 글에 나타난 왕자의 생각은 무엇입니까? (　　　)

국어

옛날 어느 나라에 장난을 몹시 좋아하는 왕자가 있었다. 왕자는 궁궐 밖으로 나가 장난을 치며 피해를 주었지만 누구도 왕자를 나무라지 못했다. 왕자가 제멋대로 행동하자, 그의 친구들도 함부로 행동하기 시작했다.

그러던 어느 날, 왕자의 친구가 죄를 지어 감옥에 갇혔다. 이 사실을 듣고 왕자가 재판관을 찾아와 소리쳤다.

"당장 내 친구를 감옥에서 내보내라!"

하지만 재판관은 법을 어긴 죄를 받아야 한다고 했다.

"내가 누구인지 모르느냐? 어서 친구를 풀어 줘라!"

왕자의 말에 재판관은 어이가 없었다.

① 친구보다 법이 중요하다.
② 친구와 법은 상관이 없다.
③ 왕자의 친구는 법을 더 잘 지켜야 한다.
④ 법은 왕자의 친구라고 해도 지켜야 한다.
⑤ 왕자의 친구는 법을 지키지 않아도 된다.

3 '친구'의 행동에 대한 의견으로 알맞지 않은 친구에 ○표 하세요.

국어

옛날에 보석이 많은 사나이가 있었다. 사나이는 멀리 여행을 떠나며 이 보석을 친구에게 맡겼다.

긴 여행을 마치고 온 사나이는 보석을 찾기 위해 친구를 찾아갔다. 그런데 친구는 어쩐 일인지 사나이를 반가워하지 않았다. 사나이가 보석을 돌려 달라고 하자 오히려 화를 냈다.

"갑자기 보석을 달라니 무슨 말인가? 난 보석을 맡은 적이 없어."

"자네야말로 왜 이러나? 내가 여행을 떠나며 보석을 맡기지 않았나?"

사나이는 사정을 하듯이 말했다. 하지만 친구는 자신은 보석을 맡은 적이 없다고 계속 시치미를 뗐다. 사실 사나이가 보석을 맡기고 여행을 떠난 후, 친구는 큰 빚을 지게 되었다. 친구는 사나이의 보석을 몰래 팔아서 자신의 빚을 갚는 데 썼다. 그리고 사나이가 찾아오면 거짓말을 하기로 마음먹은 것이다.

"어쩔 수 없군. 자네가 맹세의 신에게 보석을 맡은 적이 없다고 맹세를 한다면 그 말을 믿겠네."

사나이는 친구의 양심을 믿어 보기로 했다.

(1) 친구가 보석이 귀한 줄을 몰라서 안타까워.

(2) 친구처럼 다른 사람을 속이는 행동을 해서는 안 돼!

(3) 친구가 돈 때문에 우정을 저버려서 안타까워.

유형 3 인물의 말이나 행동에 대한 의견 표현하기

글에서 일어난 일을 파악하고 인물의 말과 행동에 대한 의견을 나타내 보는 문제입니다.

★ 인물의 말이나 행동에 대한 의견을 생각하며 글을 읽어 보세요.

● **글의 종류** 이야기(동화)

● **글의 특징** 이 글은 이웃을 도운 마음씨 착한 선비에게는 복이 오고 욕심을 부린 선비는 낭패를 겪는다는 내용의 옛이야기입니다.

● **낱말 풀이**
사마귀 사마귓과에 곤충을 통틀어 이르는 말.
볼기 뒤쪽 허리 아래.

지문 ★☆☆

낱말 ★★☆

옛날 어느 마을에 마음씨 착한 선비가 살았어요. 선비는 형편이 넉넉하지는 않았지만 어려운 이웃을 보면 그냥 넘기는 법이 없었어요. ㉠배고픈 사람을 보면 쌀을 내어 주고 추위에 떠는 사람이 있으면 자신의 옷을 벗어 주었지요. 이 때문에 선비의 형편은 점점 나빠졌어요.

어느 날 선비의 아내가 선비에게 잔소리를 했어요.

"당신은 날마다 남에게 퍼 주기만 하니 우리는 무얼 먹고 산단 말이이에요? 밖에 나가서 무슨 일을 하든 돈을 벌어 오세요."

선비는 할 수 없이 뒷산에 올라 답답한 마음에 하늘을 보며 벌렁 누웠어요. 그때 사마귀 한 마리가 나뭇잎에 앉아 있었어요. 선비가 장난을 치려고 나뭇잎을 치우자 사마귀가 사라졌어요. 그래서 나뭇잎을 제자리에 놓으니 사마귀가 다시 보였어요.

선비는 이 신기한 나뭇잎을 가지고 집으로 왔어요. 그리고 나뭇잎을 얼굴에 대 보니 아내가 알아보지 못했어요. 선비는 이 나뭇잎이 보였다 사라졌다 하는 능력이 있다는 것을 알아챘지요.

다음 날부터 선비는 산으로 들로 사냥을 나갔어요. ㉡신기한 나뭇잎으로 꿩, 산토끼, 산돼지 등을 속여서 동물들을 많이 잡았지요. 그 덕분에 마음씨 착한 선비는 큰 부자가 되었어요.

이 소식을 들은 욕심쟁이 선비가 있었어요. 욕심쟁이 선비도 마음씨 착한 선비가 한 대로 똑같이 하여 신비한 나뭇잎을 얻어 왔어요. 그래서 아내에게 보이냐고 자꾸 물어보았지요. 아내는 귀찮아서 안 보인다고 건성으로 대답했어요. 그러자 욕심쟁이 선비는 다음 날 부잣집 대감네 창고로 갔어요.

"히히, 이 쌀을 다 훔치면 내가 이 마을 최고의 부자가 되겠지?"

욕심쟁이 선비는 남들이 보지 못하는 줄 알고 쌀가마니를 훔쳐 나왔어요. 하지만 이 모습을 부잣집 대감이 다 보고 있었지요. 부잣집 대감은 크게 화를 내며 하인을 시켜서 욕심쟁이 선비의 볼기를 치게 했답니다.

1 이 글에서 마음씨 착한 선비에게 일어난 일은 무엇입니까? (   )

이해

① 글 공부로 장원 급제하였다.
② 남의 물건을 훔쳐서 볼기를 맞았다.
③ 신기한 나뭇잎으로 큰 부자가 되었다.
④ 돈을 벌러 나갔다가 볼기만 맞고 돌아왔다.
⑤ 어려운 이웃을 외면한 대가로 다시 가난해졌다.

4주 3일 학습 끝!

붙임 딱지 붙여요.

2 ㉠에서 알 수 있는 마음씨 착한 선비의 성격으로 알맞지 않은 것은 무엇입니까? (   )

추론

① 마음이 따뜻한 사람이다.
② 자신만 생각하는 사람이다.
③ 불쌍한 사람을 돕는 사람이다.
④ 희생정신이 있는 사람이다.
⑤ 다른 사람의 입장을 생각하는 사람이다.

3 ㉡에서 일어난 일에 대한 의견으로 알맞지 않은 친구의 기호를 쓰세요. (   )

비판

㉮ 견우: 그래도 불쌍한 동물을 마구 사냥해서는 안 돼.
㉯ 재호: 나뭇잎으로 동물들을 잡았다는 것이 참 신기해.
㉰ 지혜: 선비가 가난해져서 먹고살아야 하니 할 수 없지.
㉱ 경현: 선비는 고기반찬을 좋아하나 봐. 나는 채소 반찬이 더 맛있던데…….

4 욕심쟁이 선비의 행동에 대한 자신의 의견을 까닭과 함께 쓰세요.

비판

19

4주

사실에 대한 자신의 의견 표현하기

★ 다음 인터넷 누리집의 글을 읽고 나타낼 수 있는 의견으로 알맞은 것에는 '좋아요♡'에 색칠하세요.

서점가에 학습 만화 열풍이 불고 있습니다. 어린이책 베스트셀러로 자리 잡은 학습 만화는 내용면에서도 다양해지고 있습니다. 한자를 배울 수 있는 학습 만화부터 역사, 과학, 사회, 인물, 고전까지 다양한 영역에서 학습 만화가 만들어지고 있습니다.

(1) **소닉**
↳ 학습 만화는 어려운 내용을 쉽고 재미있게 알 수 있어서 좋아요. ♡

(2) **푸른하늘**
↳ 학습 만화 덕분에 지식이 늘어나는 것 같아요. ♡

(3) **바다보배**
↳ 난 웹툰만 보는데. ♡

(4) ****JH****
↳ 만화만 보면 긴 글을 읽는 습관을 기르기 힘들어. ♡

(5) **영웅**
↳ 학습 만화로 배경지식이 늘어나서 공부에도 도움이 되었어요. ♡

(6) **엄마마음**
↳ 학습 만화만 보는 것은 좋은 독서 습관은 아닌 것 같아요. ♡

(7) **미니미**
↳ 오늘 만화책 10권 산다~~. ♡

주제 탐구

사실에 대해 자신의 의견을 표현하기 위해서는 먼저 사실이 무엇인지 알고, 사실의 내용을 따져서 자신의 의견을 나타냅니다. 사실에 대해 자신의 의견을 갖는 것은 글 읽기에서 꼭 필요한 과정입니다.

● (1~2) 다음을 읽고 물음에 답하세요.

요즘 어린이들은 집에 있을 때에 스마트폰을 만지작거리며 뒹구는 것이 친구와 노는 것보다 재미있다고 말하는 경우가 많습니다. 적지 않은 어린이가 학교와 학원을 오가며 바쁘게 생활합니다. 친구도 가끔 만나고 싶지만 시간이 안 맞아 만나기 어렵고, 밖에서 노는 것과 누리 소통망으로 대화하는 것이 다르지 않다고 생각하기 때문입니다.

1 요즘 어린이들이 친구를 만나기보다 스마트폰을 많이 하는 까닭에 ○표 하세요.

(1) 친구가 싫어져서 ( )
(2) 친구보다 스마트폰이 좋아서 ( )
(3) 친구와 누리 소통망으로 대화하며 노는 것이 더 쉬워서 ( )

2 〈문제 1번〉에 대한 자신의 의견을 알맞게 말한 친구에 ○표 하세요.

3 사실에 대한 자신의 의견을 표현하는 방법이 맞으면 ○표, 틀리면 X표 하세요.

(1) 실제 있었던 일인지 확인한다. ( )
(2) 자신이 좋아하는 사실만 따른다. ( )
(3) 사실의 내용이 옳은지 따져 본다. ( )
(4) 사실과 관련 있는 의견인지 생각하여 본다. ( )

유형 1 사실과 의견 구분하기

사실과 의견을 구별하는 문제입니다.

태블릿 입력 장치를 장착한 단말기나 컴퓨터.
데스크톱 컴퓨터 개인의 책상 위에 설치할 수 있는 크기의 작은 컴퓨터.
일석이조 동시에 두 가지 이득을 봄을 이르는 말.

1 국어

㉠~㉤ 중에서 의견을 나타낸 문장을 모두 찾아 기호를 쓰세요.

우리 집 컴퓨터가 오래되어서 새로 바꾸기로 했다. ㉠나는 태블릿으로 샀으면 좋겠다. 지금까지 데스크톱 컴퓨터를 사용했으니까 이번에는 태블릿을 한번 써 보고 싶다. ㉡태블릿은 데스크톱 컴퓨터보다 화면은 작지만 터치 기능이 있다. 손으로 터치해서 사용하기 때문에 더 편리하게 쓸 수 있다. 그리고 ㉢태블릿은 데스크톱 컴퓨터보다 작고 가볍다. ㉣놀러 갈 때 들고 다니기에 좋을 것 같다. 또 좋은 점이 있다. ㉤태블릿은 카메라 기능이 있다는 것이다. 컴퓨터처럼 쓰고, 카메라로 사진도 찍을 수 있어서 일석이조다.

(　　　　　　　)

유형 2 사실에 대한 의견 파악하기

글에 나타난 사실을 살펴보고 사실에 대한 의견을 파악하는 문제입니다.

2 사회

이 글에서 설명한 태국 쌀에 대한 '의견'을 모두 골라 ○표 하세요.

태국의 대표적인 수출품은 쌀이다. 태국은 땅도 비옥한 데다 열대기후라서 일년 내내 덥고, 비가 많이 와서 일 년에 다섯 번 쌀을 수확할 수 있다. 그래서 태국은 쌀 생산이 많고 쌀 수출도 많이 한다. 태국의 쌀은 우리나라 쌀과는 좀 다르다. '안남미'라고 부르는 태국 쌀은 우리나라 쌀처럼 끈기가 없다. 그래서 먹으면 밥이 바삭한 느낌이 들 정도다. 안남미는 칼로리도 우리나라 쌀보다 낮다. 다이어트할 때 안남미로 지은 밥을 먹으면 좋겠다는 생각이 든다.

(1) 태국은 쌀 수출을 많이 한다. [　]

(2) 태국 쌀은 '안남미'라고 부른다. [　]

(3) 태국 쌀은 다이어트에 도움이 될 것 같다. [　]

(4) 태국 쌀로 지은 밥은 끈기가 없어서 바삭한 느낌이 든다. [　]

3 글쓴이가 겪은 일에 대한 의견으로 알맞지 않은 친구에 ○표 하세요.

도덕

11월 11일은 빼빼로 데이다. 나는 초코맛 과자를 좋아해서 이 날을 손꼽아 기다렸다. 내가 좋아하는 과자를 친구들에게 선물로 줄 생각이기 때문이다. 빼빼로를 사기 위해 그동안 용돈을 아껴 돈을 모았다.

나는 모은 돈을 들고 슈퍼마켓에 갔다. 슈퍼마켓에는 빼빼로 데이를 맞아 다양한 초코 과자가 있었다. 어떤 빼빼로는 원래보다 열 배나 커서 신기했다. 나는 이것저것 골라 담았다. 그러다 가격을 계산해 보고는 몇 개는 다시 내려놓았다. 생각했던 것보다 값이 비쌌기 때문이다.

다음 날 아침, 학교에 들고 간 빼빼로를 친구들에게 나눠 주었다. 그런데 나눠 주다 보니 개수가 모자라 어떤 친구는 주고, 어떤 친구는 줄 수 없었다. 실제로 빼빼로를 하나도 받지 못한 친구의 얼굴에는 서운한 표정이 가득했다. 그 모습을 보니 나도 미안한 마음이 들었다.

나는 친구들과 나눠 먹기 위해 용돈까지 아껴 가며 빼빼로를 준비했는데 일부 친구들을 속상하게 만들었다고 생각했다.

유형 3 겪은 일에 대한 의견 표현하기

글쓴이가 겪은 일에 대해 알맞은 의견을 표현하는 문제입니다.

●글의 종류 기행문

●글의 특징 수원 화성에서 보고 느낀 것을 쓴 글입니다. 이 글에는 수원 화성에 대한 사실과 글쓴이의 느낌이 함께 담겨 있습니다.

●낱말 풀이
성곽 안의 성과 밖의 성을 통틀어 이르는 말.

지문 ★★☆

낱말 ★★☆

일요일 아침 일찍 수원으로 향했다. 수원 화성을 보기 위해서다. ㉠수원 화성은 조선 시대 정조 때 만들어진 성이다. 정조는 화성을 중심으로 새로운 도시를 만들어 조선의 힘을 보여 주고자 했다. ㉡정조는 강한 왕이 되어 조선을 강한 나라로 만들려고 했던 것 같다.

수원성 앞에 서니 커다란 문과 성곽이 눈에 들어왔다. 화성에는 팔달문, 장안문, 창룡문, 화서문이라 불리는 커다란 네 개의 문이 있다. ㉢나는 팔달문 옆에 있는 입구를 통해 화성으로 들어갔다. 안으로 들어가니 성곽이 길게 늘어서 있는 것이 더 잘 보였다. ㉣성곽의 높이는 6미터이고, 둘레의 길이는 5.4킬로미터나 되었다. 옛날 우리 조상들의 기술이 참 뛰어났다는 생각이 들었다.

성곽을 따라 걸어 보았다. 부드럽게 이어진 성곽에는 중간중간 특이한 건축물이 있었다. ㉤건축물의 이름은 '치성', '포루', '공심돈', '적대'이다. '치성'은 성벽 앞으로 툭 튀어나와 적을 공격하기 쉽게 만들어졌다. '포루'는 대포를 숨겨 두었다가 적이 나타나면 공격하는 곳이다. '공심돈'은 성곽 중에서 가장 높은 건물로 적의 움직임을 살피는 곳이다. '적대'는 적군의 침입을 막기 위해 뜨거운 물이나 기름을 흘려보냈던 곳이다.

성곽에 이어진 건물들의 다양한 기능을 보니, 화성이 얼마나 놀라운 곳인지 느껴졌다. 강한 왕이 되고 싶었던 정조는 적에게 지지 않을 단단한 성을 만들었다고 생각한다. 수원 화성을 통해 조선 시대 정조를 만나고, 먼 시간 여행을 한 기분이었다.

1 '수원 화성'에 대한 내용으로 알맞지 않은 것은 무엇입니까? (　　　)

이해

① 정조 때 만든 성이다.
② 고려 시대의 건축물이다.
③ 성의 높이는 6미터나 된다.
④ 수원 화성에는 팔달문이 있다.
⑤ 정조는 화성을 중심으로 새로운 도시를 만들려고 했다.

4주 4일 학습 끝!

붙임 딱지 붙여요.

2 화성의 성곽 건축물에 대한 설명으로 알맞은 것을 찾아 선으로 이으세요.

이해

(1) 치성 •	• ① 대포를 숨겨 두었다가 적이 나타나면 공격하던 곳이다.
(2) 포루 •	• ② 성벽 앞으로 툭 튀어나와 적을 공격하기 쉽게 만든 곳이다.
(3) 적대 •	• ③ 가장 높은 건물로 적의 움직임을 살피던 곳이다.
(4) 공심돈 •	• ④ 성을 공격하는 적에게 뜨거운 물이나 기름을 흘려보낸 곳이다.

3 ㉠~㉤ 중 글쓴이의 의견이 나타난 부분의 기호를 쓰세요. (　　　　)

이해

4 이 글에 나온 '정조가 한 일'에 대한 의견이 다른 친구의 기호를 쓰세요. (　　　)

비판

㉮ 진경: 새로운 도시를 만들려고 노력한 것을 보니 정조는 나라를 위한 걱정을 많이 한 왕이라고 생각해.
㉯ 연후: 맞아, 새로운 시도를 한다는 것은 그만큼 노력을 했다고 할 수 있어.
㉰ 민호: 하지만 백성들은 성을 짓느라 고생했을 거야. 왕이 백성의 어려움을 더 살펴야 했어.
㉱ 소라: 그래도 후손들이 수원 화성을 누구나 즐길 수 있게 해 주었으니 정조는 고마운 분인 것 같아.

20 이야기에 이어질 내용 상상하기

4주

★ 다음 그림 카드를 순서대로 읽고 마지막 카드에 이어질 내용을 보기에서 골라 기호를 쓰세요.

(1) 길을 가던 나그네가 쉴 곳을 찾다가 어느 집에서 하룻밤 묵기로 했다.

(2) 그 집에서 나그네는 거위가 마당에서 반짝이는 것을 쪼아 삼키는 것을 보았다.

(3) 늦은 밤, 집주인이 잠자리에 든 나그네를 요란하게 깨웠다. 나그네가 값비싼 구슬을 훔쳐 갔다는 것이다.

(4) 집주인은 나그네를 꽁꽁 묶고, 구슬을 내놓으라고 소리쳤다. 나그네는 내일 아침 구슬을 찾아줄 테니 거위를 자기 옆에 두어 달라고 부탁했다.

?

나의 상상은? (　　　)

보기

㉮ 다음 날, 나그네는 거위가 눈 똥에서 구슬을 찾았다.

㉯ 다음 날, 나그네는 거위로 맛있는 음식을 만들어 먹었다.

㉰ 다음 날, 거위가 황금알을 낳았다.

주제탐구

이야기를 읽고 이어질 내용을 상상할 때에는 이야기의 흐름에 맞게 사건이 일어난 차례와 원인과 결과를 살펴야 합니다. 앞부분에 나온 내용과 새롭게 쓴 내용이 자연스럽게 잘 연결되어야 합니다.

1 이 이야기에서 ㈎에 들어갈 그림으로 알맞은 것에 ○표 하세요.

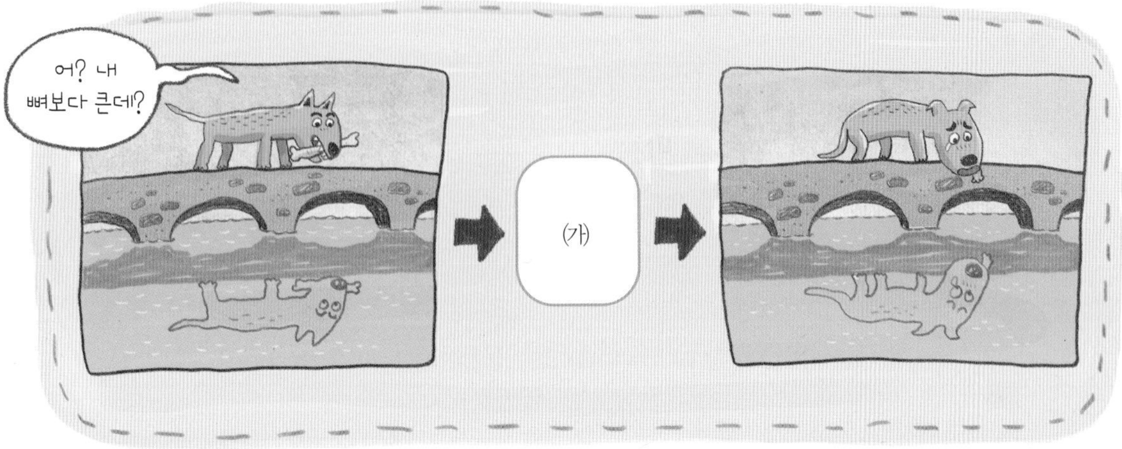

(1)

(2)

(3)

2 〈문제 1번〉을 문장으로 나타낼 때 빈칸에 알맞은 말을 쓰세요.

• 욕심쟁이 개가 뼈를 강물에 빠뜨렸다. 왜냐하면 강물에 비친 뼈가 탐나서 (   ) 때문이다.

3 이야기에 이어질 내용을 상상할 때의 유의할 점이 맞으면 ○표, 틀리면 X표 하세요.

(1) 이야기의 흐름을 이해해야 한다. (   )

(2) 주인공의 외모만 보고 상상해야 한다. (   )

(3) 이야기의 원인을 살펴서 결과를 상상해야 한다. (   )

(4) 상상하는 내용이 앞의 내용과 자연스럽게 이어져야 한다. (   )

(5) 상상하는 내용은 앞의 내용과 전혀 상관없이 새로워야 한다. (   )

유형 1 이야기의 흐름을 생각하며 내용 파악하기

이야기를 읽고 어떤 일이 일어났는지 일어난 일과 그 까닭을 파악하는 문제입니다.

1 이 글에서 아이의 친구가 재판을 받기로 한 까닭은 무엇입니까? (　　　)

국어

한 아이가 삶은 달걀을 맛있게 먹자 배가 고팠던 친구가 말했다.
"나한테 달걀 하나만 빌려 줄래?"
그러자 아이가 달걀 하나를 주며 말했다.
"내가 하나를 빌려 주는 대신 나중에 갚을 때 그 달걀로 생긴 이익까지 전부 갚아야 해. 알겠지?"
친구는 그러겠다고 하고 달걀 하나를 맛있게 먹었다. 시간이 흘러 친구가 아이를 찾아가 달걀을 갚으려 하자, 아이는 하나가 아닌, 여러 개의 달걀을 달라고 했다. 하나의 달걀이 닭이 되고, 그 닭이 알을 많이 낳았을 것이라는 이유였다. 친구는 아이의 말을 그대로 따를 수 없어 다윗 왕에게 재판을 받기로 했다.

① 닭이 병에 걸려서
② 아이가 달걀을 갚지 않아서
③ 아이가 달걀을 받지 않아서
④ 아이가 달걀을 빌려주지 않아서
⑤ 아이가 여러 개의 달걀로 갚으라고 해서

유형 2 사건의 흐름 정리하기

글을 읽고 이야기의 차례에 따라 흐름을 정리하는 문제입니다. 누가, 무엇을 했는지 생각해 봅니다.

2 이 이야기에서 일어난 일을 정리할 때 둘 중 알맞은 말에 ○표 하세요.

국어

사자는 농부에게 딸과 결혼하고 싶다고 말했어요. 그렇지 않으면 딸과 농부를 다 잡아먹겠다고 했지요. 농부가 무서운 사자에게 딸을 시집보내고 싶지 않아 안절부절못하자 딸이 나섰어요.
"사자님의 날카로운 발톱이 너무 무서워요. 그 발톱만 아니면……."
딸의 말에 사자는 다음 날까지 발톱을 뽑고 오겠다고 했어요. 하지만 딸은 또 다른 것을 요구했어요.
"사자님의 날카롭고 강한 이빨이 너무 무서워요. 이빨만 아니면……."
딸의 말에 사자는 이빨을 뽑고 오겠다고 했어요. 다음 날 사자는 날카로운 발톱도, 무서운 이빨도 없는 순한 모습으로 나타났어요.

⑴ 사자가 (**농부 / 농부의 딸**)와/과 결혼하고 싶다고 했다. ➡ ⑵ 딸이 날카로운 (**발 / 발톱**)만 없으면 결혼하겠다고 했다. ➡ ⑶ 사자는 (**발 / 발톱**)을 뽑겠다고 한다. ➡ ⑷ 딸이 무서운 (**갈기 / 이빨**)이/가 없으면 결혼하겠다고 했다. ➡ ⑸ 사자는 (**갈기 / 이빨**)도 뽑겠다고 했다.

3 이 이야기 다음에 이어질 내용으로 알맞은 것은 무엇입니까? (　　　)

국어

햇살이 뜨거운 오후였어. 당나귀 한 마리가 땀을 뻘뻘 흘리며 소금 가마니를 지고 걸어가고 있었어. 당나귀 주인이 시장에서 소금을 샀거든. 하지만 당나귀는 자기 등에 진 것이 무엇인지 몰랐어. 그냥 너무 무거워서 어서 쉬고만 싶었지.

그런데 그때였어. 시냇물을 건너던 당나귀의 발이 미끄러지고 말았어. 당나귀는 힘없이 물에 빠졌지. 물속에서 허우적대던 당나귀는 간신히 몸을 일으켰어. 그런데 이게 웬일이야? 지고 있던 짐이 가벼워진 거야.

'참 신기한 일이군. 발이 미끄러져서 물에 들어갔다 나왔더니 무거운 짐이 가벼워졌네.'

당나귀는 기분이 좋아서 신나게 걸어갔어.

그리고 며칠이 지났어. 당나귀는 다시 주인을 따라 시장에 갔어. 이번에도 주인은 커다란 짐을 당나귀 등에 실었지. 당나귀는 또 무겁겠구나 싶었지. 그런데 어쩐 일인지 짐은 별로 무겁지 않았어. 주인이 시장에서 산 것은 솜이었거든. 한참을 걸으니 다시 시냇물을 건너야 했어. 당나귀는 생각했지.

'물에 빠지고 나면 짐이 더 가벼워졌지? 그럼 이번에도 한번…….'

당나귀는 일부러 물에 빠졌어.

① 당나귀의 짐이 가벼워졌다.
② 당나귀는 편하게 집으로 갔다.
③ 당나귀는 목욕을 해서 시원했다.
④ 솜이 물에 젖어서 짐이 무거워졌다.
⑤ 당나귀는 시냇물을 시원하게 마셨다.

유형 3 이야기에 이어질 내용 상상하기

앞에 나온 이야기를 파악하여 이어질 내용을 상상하는 문제입니다.

● **글의 종류** 이야기(동화)

● **글의 특징** 이 글은 삼년 고개에서 넘어진 한 노인이 오래 못 살 것을 걱정하자 이웃에 사는 소년이 지혜롭게 해결해 주는 옛이야기입니다.

지문 ★☆☆

낱말 ★☆☆

옛날에 한 노인이 살고 있었습니다. 노인은 시장에 갔다 돌아오는 길에 고개를 넘다가 넘어지고 말았습니다.

고개에서 넘어진 노인은 힘없이 집으로 돌아왔습니다. 노인이 하도 힘없이 돌아오자 아들과 아내가 걱정을 하며 무슨 일이 있었냐고 물었습니다. 노인은 긴 한숨을 내쉬더니 이렇게 말했습니다.

"내가 오늘 삼년 고개에서 넘어지고 말았단다. 삼년 고개에서 넘어지면 삼 년밖에 못 산다고 하는데 나는 이제 삼 년밖에 더 못 살겠구나."

㉠그 뒤 노인은 점점 몸이 약해졌습니다. 이웃에 사는 소년이 이 소식을 듣고 노인을 찾아왔습니다.

"어르신, 삼년 고개에서 넘어지신 것이라면 그렇게 걱정하실 필요 없습니다."

"그게 무슨 말이냐?"

"삼년 고개에 가서 다시 넘어지시면 됩니다."

노인은 소년의 말이 무슨 뜻인지 잘 이해가 되지 않았습니다. 그러자 소년이 차근차근 설명을 하기 시작했습니다.

"삼년 고개는 한 번 넘어지면 삼 년을 살지 않습니까? 그러니까 두 번 넘어지면 다시 삼 년이 늘어서 육 년을 살고, 세 번 넘어지면 구 년을 살게 되는 것입니다. ㉡그러니까 삼년 고개에 가서 살고 싶은 만큼 넘어지면 되는 것이지요."

소년의 말을 들은 노인은 자리를 털고 일어나 삼년 고개로 갔습니다.

1 ㉠의 까닭으로 알맞은 것은 무엇입니까? (　　　)

추론

① 자꾸 넘어져서 몸이 약해졌다.
② 넘어진 곳이 아파서 몸이 약해졌다.
③ 억울한 일을 겪어서 몸이 약해졌다.
④ 아들과 아내에게 화가 나서 몸이 약해졌다.
⑤ 곧 죽을 것이라는 생각 때문에 몸도 약해졌다.

4주 5일 학습 끝!
붙임 딱지 붙여요.

2 ㉡과 같이 생각하게 된 이유로 보기 <u>힘든</u> 것은 어느 것입니까? (　　　)

추론

① 삼년 고개에서 다시 넘어지면 오래 산다.
② 삼년 고개에서 한 번 넘어지면 삼 년을 산다.
③ 삼년 고개에서 두 번 넘어지면 육 년을 산다.
④ 삼년 고개에서 세 번 넘어지면 구 년을 산다.
⑤ 삼년 고개에서 넘어지면 죽는다는 것은 미신이다.

3 이 글에서 주요 사건의 원인이 되는 일이 무엇인지 쓰세요.

구조

(　　　　　　　　　　　　　　　　)

4 이 글 뒤에 이어질 장면으로 가장 알맞은 것의 기호를 쓰세요. (　　　)

추론

㉮

㉯

㉰

㉱

독해 플러스

4주

다독, 책을 많이 읽기

'남아수독 오거서(男兒須讀五車書)'는 책을 많이 읽어서 사회 구성원으로서 학문이나 지식을 갖추어야 한다는 한자 성어로, 다독의 중요성을 강조한 말이에요. '다독'은 글이나 책을 많이 읽는 것을 말해요. 다독은 책의 내용을 내리읽는 통독이나 낱말 하나하나를 새기며 읽는 정독과는 차이가 있어요.

책을 많이 읽기

다독은 글이나 책을 많이 읽고, 여러 번 읽는 방식을 모두 포함해요. 다독은 책이나 글을 처음부터 끝까지 제목과 차례, 문단의 주제 등을 고려하여 내리읽는 통독과 다르고, 낱말 하나하나를 새기며 읽는 정독과도 차이가 있어요. 다독은 책을 집중해서 읽을 때보다는 책을 읽기에 앞서 책의 내용을 먼저 이해하기 위해 눈으로만 본다거나 책을 고를 때 사용하는 독서의 방법이에요.

다독의 장점	다독의 단점
1. 여러 책의 특성을 알게 되어 독서력이 길러집니다. 2. 다양한 분야의 지식을 습득할 수 있고 폭넓은 독서력이 길러집니다. 3. 집중력과 어휘력, 표현력 등의 사고 능력이 길러집니다.	1. 내용을 넓게 알아도 자세히는 모르게 될 수 있습니다. 2. 대충 읽는 습관이 들어서 글의 의미를 새기지 못할 수 있습니다. 3. 줄거리만 기억하는 습관이 들어서 창의성을 기르기 힘듭니다.

1 **다음 글에서 말한 책 읽는 방법을 잘 이해한 친구에 ○표 하세요.**

훌륭한 사람들은 모두 책을 가까이 하고 독서를 즐겼다는 공통점이 있어요. 그런데 책을 읽는 방법은 저마다 달랐지요.

한글을 창제한 세종 대왕은 책을 백 번 읽고 백 번을 익히는 독서광이었어요. 얼마나 심하게 책을 읽었던지 눈병이 날 정도였지요. 만유인력의 법칙을 발견한 뉴턴도 책을 이해할 때까지 읽고 또 읽은 것으로 유명해요. 또, 독일의 수상 처칠은 책을 읽을 때 좋은 문장을 외우고 줄을 치며 다른 사람들과 토론하는 것을 즐겼다고 해요.

이같이 책을 읽는 습관은 저마다 다르지만 책이 주는 지식와 지혜를 배우려 했던 옛사람들의 슬기를 배워야겠어요.

이번 주 나의 독해력은?	
	이번 주 학습을 모두 끝마쳤나요?
	시나 이야기를 읽고 난 생각이나 느낌을 표현할 수 있나요?
	인물의 말이나 행동에 대한 의견을 표현할 수 있나요?

정답 1. (2) ○

세 마리 토끼 잡는

초등 독해력

정답 및 풀이

쪽수를 잘 보고 정확한 정답과
자세한 풀이를 만나 보세요.

1주 12~13쪽 개념 톡톡

★ (1) ○ (2) ○ (3) ○ **1.** (1) ○ (2) ○ (4) ○ **2.** (3) ○
3. 경험, 생각

★ 시를 읽고 든 생각이나 느낌은 읽는 이의 경험에 따라 서로 다릅니다. 단, 이때의 생각이나 느낌은 시의 내용과 관련 있는 것이어야 합니다.
1. 그림에 대한 생각이나 느낌을 경험을 되살려 찾아봅니다.
2. 생각이나 느낌이 경험과 관련 있다는 것을 말한 친구를 찾습니다.
3. 시나 그림을 보고 느끼는 감정은 사람마다 다를 수 있습니다. 이것은 사람마다 가진 경험과 생각이 다르기 때문에 생기는 일입니다.

1주 14~15쪽 독해력 활짝

1. (1) ○ **2.** ④ **3.** ⑤

1. 이 시는 바다에서 엄마 아빠의 모습을 떠올려 쓴 시입니다. 엄마가 아이를 달래 주듯 바다가 파도를 달랜다고 했습니다.
2. 이 시에는 우리나라를 긍정적, 희망적으로 보는 마음이 담겨 있습니다.
3. 시에서 느끼는 감정은 자신의 경험에 따라 달라질 수 있습니다. ①, ②, ③, ④는 눈에 대한 서로 다른 경험을 표현한 것이지만 ⑤는 오두막집에 대한 경험을 표현했습니다.

1주 16~17쪽 독해력 쑥쑥

1. ⑤ **2.** ⑤ **3.** 뭐할꼬? **4.** ②, ④

1. 이 시에의 시 속 인물은 부모님이 오래 사시기를 바라고 있습니다.
2. 낚시 바늘이 구부러진 모양이므로, ㉠은 ⑤와 같은 뜻으로 쓰였습니다.
3. 시에서 반복되는 말을 찾아 그중에서도 궁금증을 일으키는 낱말을 찾습니다. 궁금증을 일으키거나 강조하기 위해 묻는 문장을 쓰는 경우가 많이 있습니다.
4. 시 속 인물은 바늘로 잡은 잉어를 부모님께 드리고 오래 사시기를 바라고 있습니다. 이와 비슷한 생각을 가진 것은 ②, ④입니다.

1주 18~19쪽 개념 톡톡

★ (1) ③ (2) ② (3) ① **1.** (3) ○ (4) ○ **2.** (1) 왜냐하면
(2) 왜냐하면 (3) 그래서

★ 일이 일어난 까닭과 결과를 찾는 활동을 해 봅니다. 일어난 일의 앞에 있는 내용이면 까닭, 뒤에 있는 내용이면 결과가 됩니다.
1. '장 발장은 눈앞에 ~한 푼도 없었어요.'에 나와 있습니다. 장 발장은 배고픈 조카들이 마음이 걸렸지만, 돈이 없었습니다.
2. '그래서', '왜냐하면'은 원인과 결과를 나타내는 문장을 이어 주는 말입니다. 원인이 먼저 나오고 결과가 뒤에 나오면 '그래서'를, 결과가 먼저 나오고 원인이 뒤에 나오면 '왜냐하면'을 씁니다.

1주 20~21쪽 독해력 활짝

1. ④ **2.** ㉤ **3.** (3) ○

1. 이야기 속에서 다친 개를 본 플로렌스(나이팅게일)가 한 일을 파악해 봅니다.
2. "어? 몸이 작아지네."라는 대화 글의 앞과 뒷부분에서 앨리스의 몸이 작아진 까닭을 찾을 수 있습니다.
3. 보트를 타고도 안전할 수 있었던 까닭은 마지막 문단에 나타난 칠장이의 행동에서 찾을 수 있습니다.

1주 22~23쪽 독해력 쑥쑥

1. (1) 그래서 (2) 왜냐하면 **2.** ⑤ **3.** ④ **4.** (2) ○

1. '원인+결과'는 '그래서'를, '결과+원인'은 '왜냐하면'을 씁니다.
2. '하루아침'은 아주 짧은 시간을 나타내는 관용 표현입니다.
3. ㉡의 까닭은 왕의 말 "어떻게 이 많은 ~못한단 말이냐!"에 나와 있습니다.
4. 이 글은 게으름뱅이 왕국의 왕이 노력하지 않고 편하게 부자가 되려고 한 일을 담은 이야기입니다. (2)의 금과 다이아몬드를 비교한 말은 내용과 관련이 없습니다.

1주 24~25쪽 개념 톡톡

★ 1. (1) ② ○ (2) ② ○ 1. (1) 청자 상감 운학문 매병 (2) 예 고려 시대 (3) 예 상감 기법 (4) 예 구름과 학의 무늬 (5) 예 세련되고 우아함.

★ 둘 중 읽는 이가 이해하기 쉽게 정보를 잘 전달하는 자료를 찾아봅니다. 반려견에게 목줄을 하자는 주제는 사진보다는 간단히 그린 그림이, 산불을 조심하자는 주제는 긴 글보다는 표어가 알맞습니다.

1. 글의 내용을 생각 그물에서 나눈 기준을 중심으로 구분하여 정리한 후, 빈칸에 알맞은 말을 씁니다. 제시된 사진의 이름, 만들어진 시대, 만든 기법, 무늬, 특징, 의의 등이 무엇인지 글 속에서 찾습니다.

1주 26~27쪽 독해력 활짝

1. (2) ○ 2. ⑤ 3. ⑤

1. 사용 설명서에서 중요한 내용을 살펴봅니다.
2. 이 글에서 제일 중요한 내용은 언제 물을 사용할 수 없는지입니다.
3. 글에서 월요일 현재 비가 오고 있으며, 오후에 비가 그치며 일교차가 크다는 것을 알 수 있습니다.

1주 28~29쪽 독해력 쑥쑥

1. 빗살무늬 토기 2. ④ 3. ㉣ 4. (1) ② (2) ①

1. 이 글은 빗살무늬 토기에 대해 쓴 글입니다.
2. 빗살무늬 토기의 생김새는 길쭉하고 바닥이 둥근 모양입니다.
3. ㉠, ㉡, ㉢, ㉤은 문단의 중심 문장이고, ㉣은 문단의 중심 문장을 뒷받침하는 문장입니다.
4. 빗살무늬 토기의 모양을 설명하는 글을 잘 읽고 알맞은 그림을 찾습니다.

1주 30~31쪽 개념 톡톡

★ (1) ○ 1. ㈎ 길이 열리면서 ~더 활발해졌다. ㈏ 비단길은 6,400킬로미터나 ~서양을 이어 주었다. ㈐ 비단길은 동서양의 ~역할을 했다. 2. 예를 들어, 그러므로

★ 각 문단이 중심 문장을 찾을 때에는 문단의 내용을 모두 포함할 수 있는 문장이 무엇인지 생각합니다.

1. 중심 문장은 문단을 대표하는 내용을 담고 있는 문장입니다.
2. 각 문단의 중심 문장을 연결하여 글을 간추릴 때 알맞은 이어 주는 말을 찾아 씁니다. '예를 들어'는 앞 내용에 대한 예를 들 때, '그러므로'는 앞의 내용이 뒷내용의 원인이나 근거가 될 때 씁니다.

1주 32~33쪽 독해력 활짝

1. ① 2. (1) 바다 밑에서 지진이 발생하면 거대한 파도가 일어난다. (2) 쓰나미의 파괴력은 매우 크고 위험하다. 3. ⑤

1. 현재 남아 있는 만리장성은 명나라 때 지었다고 설명했습니다.
2. ㈎는 바다 밑에서 지진이 일어나는 지진 해일에 대해 설명하고 있습니다. ㈏는 쓰나미의 파괴력에 대해 설명하고 있습니다.
3. ①, ②, ③, ④는 글에 나오는 내용의 일부일 뿐, 전체 내용을 간추렸다고 볼 수 없습니다.

1주 34~35쪽 독해력 쑥쑥

1. ㉡, ㉢, ㉣, ㉤ 2. ③ 3. ⑤ 4. 오목 렌즈

1. 각 문단의 중심 내용을 담은 문장이 중심 문장이 됩니다. 보충 설명하는 문장은 뒷받침 문장이라고 합니다.
2. ㉣의 원인은 ㉣의 뒷부분에서 찾을 수 있습니다.
3. 글을 간추릴 때는 각 문단의 중심 문장을 이어 주는 말로 연결해 정리합니다.
4. ㈒에서 설명한 렌즈 중 빛이 렌즈를 통과하면 빛이 퍼져 나가 가까이 있는 물체는 작아 보이고, 멀리 있는 물체는 더 작아 보이는 것은 오목 렌즈입니다.

1주 36~37쪽 개념 톡톡

★ (1) 사 (2) 의 (3) 사 (4) 의 **1.** (1) 사실 (2) 의견 (3) 사실 (4) 의견 **2.** (1) 사실 (2) 사실 (3) 사실 (4) 의견 (5) 의견

★ 제시된 문장 중에 누구나 보고 경험해서 알 수 있는 일이 사실이고, 개인마다 생각이 다를 수 있는 것이 의견입니다.

1~2. 사실은 실제 일어난 일이며, 의견은 사실에 대한 생각입니다.

1주 38~39쪽 독해력 활짝

1. ③, ⑤ **2.** ㉣ **3.** ⑤

1. 사실은 실제 있었던 일이고, 의견은 일이나 대상에 대한 생각입니다. 먼저 글의 내용이 사실인지 의견인지 구분하여 답을 찾습니다.
2. ㉣은 '~한 것 같다.'는 표현으로 보아 의견임을 알 수 있습니다.
3. ①, ②, ③, ④는 영양소에 대해 설명한 사실입니다.

1주 40~41쪽 독해력 쑥쑥

1. ⑤ **2.** (1) ㉠, ㉡, ㉣ (2) ㉢, ㉤ **3.** 때때로, 간혹 **4.** ④

1. ①, ②, ③, ④는 글쓴이가 한 일입니다. ⑤는 글쓴이가 우포늪을 돌아보며 느낀 점입니다.
2. 사실은 변하지 않는 것으로 실제 있었던 일입니다. 이 글에서 의견은 글쓴이가 느끼고 생각한 것입니다.
3. '간간이'와 바꾸어 써도 뜻이 통하는 낱말을 찾습니다.
4. 글쓴이는 '우포늪 생태관 → 우포늪 전망대 → 우포늪 둘레길'의 순서로 우포늪을 둘러보았습니다.

2주 46~47쪽 개념 톡톡

★ (1) 예 형제 (2) 예 쌀가마 (3) 예 줄지 않은 (4) 예 어느 날 (5) 예 그래서 **1.** (1) ③ (2) ① (3) ② **2.** (1) ○ (2) ○

★ 사건의 흐름에 따라 이야기의 내용을 간추릴 때에는 누가, 언제, 어디에서, 무엇을, 어떻게, 왜 했는지를 따져 봅니다.

1. 이야기를 간추릴 때 중요한 것이 무엇인지 찾아봅니다. '누가, 무엇을, 어떻게, 왜' 했는지를 중심으로 이야기를 간추립니다.
2. 간추리기는 글에서 중요한 내용을 뽑아 낸 것이므로 중요한 내용을 빠뜨리지 않아서 좋습니다.

2주 48~49쪽 독해력 활짝

1. (1) 다음 날 (2) (어느 날) 아침 (3) (깊은) 밤 **2.** (1) 2 (2) 4 (3) 3 (4) 1 **3.** (1) 멸치 대왕 (2) 가자미 (3) 메기 (4) 문어 (5) 병어

1. 시간의 흐름에 따라 사건이 일어난 차례를 간추립니다. 선비는 아침에 아내의 잔소리를 듣고 밤에 벼 이삭을 베지 못해 다음 날 칡뿌리를 캐 왔습니다.
2. 이야기를 간추릴 때 장소의 변화는 중요한 요소가 됩니다. 걸리버는 브리스틀 항구를 떠나 희망봉, 동인도를 향하는 바다를 건너다가 이름 모를 섬에 도착했습니다.
3. 이 글은 가자미의 눈이 한쪽으로 쏠리고, 메기의 입이 납작해지고, 문어의 눈이 엉덩이에 붙고, 병어의 입이 작아진 이야기입니다.

2주 50~51쪽 독해력 쑥쑥

1. 담쟁이 잎 **2.** ① **3.** ③ **4.** ③, ④

1. 이 글에서 존시는 담쟁이 잎이 다 떨어지면 자신이 죽을 것이라고 말하고 있습니다.
2. 존시의 말을 들은 수의 마음은 불안한 상태입니다.
3. 이야기의 시작은 존시가 폐렴에 걸리면서부터입니다.
4. 베어먼 할아버지가 담쟁이 잎을 그려 주고 자신이 죽고 만 것은 존시에게 삶의 희망을 북돋아 주려고 하는 자기 희생적인 성격이기 때문입니다.

2주 52~53쪽 개념 톡톡

★ (1)→(2)→(3)→(4)→(5) 1. (1) ③ (2) ① (3) ② (4) ④ 2. (1) ○ (2) ○ (3) ○

★ 선을 따라 가며 사건의 흐름을 파악하여 줄거리를 간추려 봅니다.
1. 이야기의 구성 요소인 인물, 사건, 배경을 잘 살펴 선을 이어 봅니다.
2. 인물이나 장소, 일어난 일을 살피면 사건의 흐름을 파악할 수 있습니다.

2주 54~55쪽 독해력 활짝

1. ④ 2. (1) × (2) ○ (3) × (4) ○ 3. ㉰, ㉱, ㉯, ㉮

1. 인물의 마음에 집중하여 글을 읽어 봅니다. '이를 어쩌면 좋지?'라는 말을 주로 사용할 때가 언제인지 생각해 보고 선비의 마음 상태를 짐작해 봅니다.
2. 계기판의 숫자가 빠르게 늘어났다는 내용을 통해 배경이 타임머신임을 알 수 있습니다.
3. 이 글에서는 독을 품은 뱀이 우유 통에 들어가면서 본격적인 사건이 벌어지고 있습니다. 개가 주인을 위해 우유를 먹고 죽은 것을 뒤늦게 알았다는 것이 사건의 흐름입니다.

2주 56~57쪽 독해력 쑥쑥

1. 사마리아인 2. ㉰, ㉯, ㉮ 3. ③ 4. ①

1. 강도당한 사람을 본 사람은 제사장, 부자, 사마리아인이었지만 도운 사람은 사마리아인뿐이었습니다.
2. 이 글에서 일어난 사건은 '한 사나이가 강도를 당한 것을 본 제사장과 부자는 지나치고 사마리아인은 도왔다.'는 것입니다.
3. '나도 강도를 ~피해야겠군."'에서 자신만 생각하는 제사장의 마음을 알 수 있습니다.
4. 이 글은 위험에 처한 사람을 대하는 제사장과 부자, 사마리아인의 행동을 통해 참된 이웃의 모습이 어떠해야 하는지 알려 주고 있습니다.

2주 58~59쪽 개념 톡톡

★ (1) ㉰ (2) ㉮ (3) ㉯ / 나의 이해력 점수: 예 10점 1. 주제 2. (1) ③ (2) ① (3) ② 3. (1) ○ (2) × (3) × (4) ○ (5) ○

★그림과 인물의 말에서 이야기의 주제를 찾아봅니다. 그리고 나의 이해력 점수도 함께 확인합니다.
1. 이야기에서 글쓴이가 말하고자 하는 중심 생각이 무엇인지 찾는 활동입니다.
2. 흥부, 도둑, 토끼의 행동을 통해 나타난 주제를 찾습니다.
3. 주제는 일어난 일이나 중요한 사건을 통해 나타나며, 인물의 말과 행동을 통해서도 알 수 있습니다.

2주 60~61쪽 독해력 활짝

1. (2) ○ 2. ㉤ 3. ⑤

1. '사자와의 약속'이라는 제목을 통해 약속과 관련 있는 주제임을 짐작할 수 있습니다.
2. 글에서 떡갈나무는 갈대의 행동을 통해 자신의 잘못을 깨닫게 됩니다. 떡갈나무가 겸손해야 된다는 것을 깨닫는 부분이 글의 주제를 나타내고 있습니다.
3. 이 글은 우리나라 고전인 『옹고집전』의 일부로, 옹고집을 통해 착하게 살아야 한다는 것을 보여 주고 있습니다.

2주 62~63쪽 독해력 쑥쑥

1. ⑤ 2. ㉱, ㉰, ㉯, ㉮ 3. ⑤ 4. (2) ○

1. 스님이 옷이 음식을 먹어야 한다며 옷에 음식을 쏟은 행동은 겉모습만 보고 사람을 차별하지 말라는 의미의 행동입니다.
2. 사람들은 허름한 옷차림의 스님은 내쫓다가 좋은 옷을 입은 스님에게는 친절하게 행동하자 스님이 음식을 옷에 쏟아 버렸습니다.
3. ㉠은 스님이 음식을 옷에 쏟아 버린 행동을 보고 사람들이 놀라서 한 말입니다.
4. 입은 옷에 따라 다른 대우를 하는 사람들을 비꼬는 말입니다.

2주 64~65쪽 개념 톡톡

★ (3), (4) 1. (1) ㉠ (2) ㉡ (3) ㉢ 2. (2) ○ (3) ○ (5) ○

★ 문단에서 문단의 내용을 대표하는 중심 문장을 찾아 색칠해 봅니다.
1. ㈎는 하나의 원인으로 인해 두 가지 결과가 나오는 형식으로 전개되었습니다. 쓰레기 산이 생기면서 나타난 피해를 결과로 다루고 있습니다.
2. ㈏에 나타난 쓰레기 줄이는 방법을 찾습니다.

2주 66~67쪽 독해력 활짝

1. ㉤ 2. ④ 3. (3) ○

1. 중심 문장은 전개 과정에 따라 제일 앞에 나올 수도 있고, 마지막에 나올 수도 있습니다. 글쓴이는 문구점에서 속상했던 경험에서 '어린이에게도 인권이 있다는 사실을 기억해야 한다'는 의견을 내세우고 있습니다.
2. 전체 글의 내용을 살펴 문제를 풉니다. 이 글은 앞부분에서는 거짓말과 관련한 말을 인용하고, 중간에 왜 거짓말이 나쁜지 예를 통해 설명했습니다. 그리고 마지막에 글쓴이의 주장을 밝혔습니다.
3. 이 글은 주장을 먼저 밝히고, 주장의 이유를 설명하였습니다. 전개 과정에 따라 알맞게 간추린 내용을 찾습니다.

2주 68~69쪽 독해력 쑥쑥

1. ① 2. 어리석은 3. ①, ⑤ 4. (1) 예 갯벌은 쓰임이 아주 많다. (2) 예 물을 정화시킨다.

1. 글이 제목에는 글쓴이가 주장하는 내용이 드러납니다. 갯벌을 보호해야 하는 이유를 든 것은 주장을 뒷받침하기 위해서입니다.
2. '하나만 알고 둘은 모른다.'는 말은 잘 모른다는 뜻을 가진 관용 표현입니다.
3. 이 글에서 갯벌은 수많은 생명체를 살게 하는 생명의 보고이고, 갯벌은 홍수와 가뭄을 막아 준다고 했습니다.
4. ㈐는 갯벌은 쓰임이 많다는 것을 네 가지로 나누어 주장하고 있습니다.

2주 70~71쪽 개념 톡톡

★ (1) ② (2) ③ (3) ① 1. (1) ○ 2. (1) ○ (4) ○ (5) ○

★ 쪽지에 사용한 표현과 전하려는 생각을 살펴보고, 누가 읽으면 좋을지 파악하여 선으로 연결합니다.
1. '정신적, 육체적 혜택'에서 통해 글쓴이가 전하려는 것이 무엇인지 생각합니다.
2. 광고 속 그림과 문구를 모두 살펴서 광고에서 전하려는 내용이 무엇인지 생각해 봅니다.

2주 72~73쪽 독해력 활짝

1. ③ 2. ③ 3. (1) ○

1. 글쓴이는 놀이터 수리가 필요하다는 생각을 말하기 위해 실제 놀이터에서 있었던 일을 쓴 것입니다.
2. 쉽고 친근한 말로 설명하는 것으로 보아 동생이나 어린아이, 친구에게 설명하기 위한 글입니다.
3. 글쓴이가 전하려는 생각을 먼저 찾고, 그 제안으로 인해 변화될 일을 생각해 봅니다. 반 친구 모두가 청소를 하므로 선생님의 부담이 늘어날 일은 없습니다.

2주 74~75쪽 독해력 쑥쑥

1. ④ 2. (1) 지식, 공부, 아는 것 (2) 실천, 행동, 사는 것 3. ① 4. 예 아는 것은 많은 사람이지만 실천하지 않았기 때문이야.

1. 글쓴이가 주장하는 내용은 마지막 부분에서 더욱 뚜렷하게 드러납니다.
2. 이 글에서 이론은 생각이나 지식과 관련한 내용이고, 실천은 행동이나 실천과 관련한 내용입니다.
3. 아는 것을 실천하는 것이 중요하다는 글의 내용과 알맞지 않은 내용을 찾습니다.
4. 〈서술형〉 ❶ 읽는(듣는) 사람인 친구의 나이를 생각합니다. ⇨ ❷ 친구에게 하는 친근하고 쉬운 표현으로 고쳐 써 봅니다.

3주 78~79쪽 개념 톡톡

★ (1) ◯ (2) ◯ (3) ◯ (4) × (5) ◯ (6) × 1. (1) ◯
2. (1) 사 (2) 사 (3) 의 (4) 의 3. (2) ◯

★ 사실 정보를 전달하는 기사문을 읽는 방법이 맞는지 틀린지 판단하며 길을 찾아봅니다.
1. 기사문은 어떤 사실을 보고 들은 그대로 읽는 이에게 전달하는 글입니다.
2. 사실은 누구에게나 같은 것, 의견은 사람마다 다를 수 있는 것입니다.
3. 기사문을 읽고 무조건 따르거나 감정적으로 읽는 것은 좋지 않습니다.

3주 80~81쪽 독해력 활짝

1. ① 2. ⑤ 3. ④

1. 서울식물원은 공원, 온실, 문화관으로 구성되었다고 했습니다.
2. 그림 자료는 아마존의 삼림이 소실되는 모습을 잘 보여 주고 있습니다.
3. 한창 뛰어놀아야 할 어린이들이 공장에 갇혀 유명 브랜드 회사의 축구공을 만들고 있다는 것이 기사의 중심 내용입니다.

3주 82~83쪽 독해력 쑥쑥

1. ⑤ 2. 현장 3. ② 4. (3) ◯

1. 기사문의 내용이 노트르담 대성당 화재 사건을 다루고 있으므로 이것과 어울리는 제목을 찾습니다.
2. '현지'는 사물이 현재 있는 곳을 뜻하는 말입니다.
3. 이 기사문에서는 화재 원인과 소방관들의 활약, 화재에 대한 시민들의 반응에 대한 내용이 담겨 있습니다.
4. 노트르담 대성당 화재는 오랜 역사를 가진 귀중한 문화재가 불에 탄 안타까운 사건이므로 이와 비슷한 사건을 생각해야 합니다. 숭례문 화재는 2008년 2월에 발생한 것으로, 방화로 인해 석축을 제외한 건물이 대부분 불탄 사건입니다.

3주 84~85쪽 개념 톡톡

★ (2) ◯ (5) ◯ 1. (1) ◯ (2) ◯ (4) ◯ (5) ◯
2. ㉮, ㉰, ㉱, ㉳

★ 회의 주제가 칠판에 쓰여 있고, 5명의 친구가 돌아가며 자신의 의견을 말하고 있습니다. 회의 주제에 알맞은 의견을 논리적으로 말한 친구를 찾습니다.
1. 회의와 운동 경기는 진행 시간, 순서, 규칙에 따라 여러 사람이 의견이나 활동을 주고받는다는 공통점이 있습니다.
2. 장난스럽게 말하거나 큰 소리로 말하는 것은 회의 예절에 어긋납니다.

3주 86~87쪽 독해력 활짝

1. 명호 2. ④ 3. ②, ④, ⑤

1. 주연이가 말하는 문제 상황이 무엇인지 살펴서 알맞은 회의 주제를 고릅니다. 주연이는 지각하는 학생이 늘고 있다고 했습니다.
2. 화장실 칸에 사용 예절을 적은 안내문을 붙이면 화장실 사용에 대해 다시 한번 생각할 수 있을 것입니다.
3. '말 한 마디로 천 냥 빚 갚기 캠페인'을 할 때의 효과가 근거가 될 수 있습니다.

3주 88~89쪽 독해력 쑥쑥

1. ② 2. ④ 3. 안전사고 4. (3) ◯

1. 회의 기록문에 쓰인 의견을 모두 정리하여 글의 내용과 다른 것을 고릅니다. 글에서는 어린이가 운전을 할 수 없지만 자동차 운전에 대한 기본적인 교육이 필요하다는 의견이 나왔습니다.
2. 사회자가 얼마 전에 학교 앞 횡단보도에서 교통사고가 발생했다는 문제 상황을 설명했습니다.
3. 회의 주제와 관련된 핵심 낱말입니다.
4. ㉠은 연지의 주장입니다. 이 주장을 뒷받침하는 근거를 찾습니다.

3주 90~91쪽 개념 톡톡

★ (1) ③ (2) ① (3) ② 1. (1) 손 (2) 막히다 (3) 오르다
2. (1) 꼭 필요한 (2) 고통받고 (3) 타당한

★ 낱말의 뜻을 잘 모를 경우에는 문맥의 앞뒤 내용을 살펴야 합니다. 한자가 들어간 낱말의 뜻을 찾아 사다리 타기를 해 봅니다.
1. 낱말의 뜻은 낱말을 구성한 글자를 쪼개 보면 대강의 뜻을 짐작할 수 있습니다.
2. 낱말의 뜻을 짐작할 때 다른 낱말을 넣어 뜻이 통하는지 살펴볼 수 있습니다.

3주 92~93쪽 독해력 활짝

1. ⑤ 2. (2) ○ 3. ③

1. '미지수'는 '예측할 수 없는 앞일'이라는 뜻입니다. 글의 문맥으로 보아, 국가의 정책이 효과가 있을지 알 수 없다는 뜻입니다.
2. ㉠은 전쟁 무기와 군사 시설은 사라졌지만 전쟁 분위기는 남아 있다는 뜻입니다.
3. 화석 연료는 매장량이 한정되어 있어 계속 쓰다 보면 결국에서 모두 없어지고 말 것이라고 했습니다.

3주 94~95쪽 독해력 쑥쑥

1. ③ 2. ⑤ 3. ③ 4. ㉣

1. 이 글에서 가는 선으로 복사꽃이 핀 화사한 풍경을 그렸다고 설명하고 있습니다.
2. '손꼽히는'은 '손에 꼽히다'로 낱말을 쪼개어 볼 수 있고, 이를 통해 '뛰어난'이라는 의미를 떠올릴 수 있습니다.
3. '조선 시대의 4대 화가'라는 말은 조선 시대를 대표하는 유명한 화가라는 의미입니다.
4. ㉮~㉣는 모두 「몽유도원도」에 대해 설명입니다. 특히 호철의 말에 「몽유도원도」를 그리게 된 계기가 담겨 있습니다.

3주 96~97쪽 개념 톡톡

★ (1) ③ (2) ① (3) ② 1. ④ 2. (2) ○ 3. ㉰

★ 문제 상황을 해결하기 위해 제안하는 내용에는 제안하는 까닭이 들어가야 합니다. 사다리 타기를 하며 제안하는 까닭을 찾습니다.
1~3. 글을 읽고, 문제 상황과 제안 의견, 제안하는 까닭 등을 각각 찾아봅니다.

3주 98~99쪽 독해력 활짝

1. ⑤ 2. (나는) 도서관에서 친구와 간단한 토론은 할 수 있게 했으면 좋겠다. 3. ⑤

1. 제안하는 글은 문제 상황, 제안하는 내용, 제안하는 까닭으로 구성됩니다. 이 글에서는 문제 상황을 중점적으로 다루고 있습니다.
2. 이 글의 문제 상황은 도서관에서 친구에게 궁금한 것을 묻다가 도서관 선생님께 혼이 난 것입니다. 이런 문제 상황에서 나온 제안을 글에서 찾습니다.
3. 제안 내용은 동네 슈퍼마켓과 재래시장을 이용하자는 것입니다. 이 제안을 한 까닭은 마지막 부분에 나타나 있습니다.

3주 100~101쪽 독해력 쑥쑥

1. ③ 2. ⑤ 3. ㉯, ㉱ 4. ③

1. 글쓴이는 식당에서 어린이 손님의 입장을 거부하는 바람에 되돌아온 일이 있었습니다.
2. 식당에서 어린이 손님을 거부하는 일은 어린이를 차별하는 일이며, 어린이에게 부정적인 생각을 갖게 하므로 하지 말자는 것이 글쓴이의 제안 내용입니다.
3. 가게에서 어린이 손님의 입장을 제한하는 것은 어린이에 대한 차별과 부정적인 생각을 갖게 한다는 점에서 옳지 않다고 했습니다. 그래서 어른과 어린이가 어울려서 행복하게 사는 사회를 만들어야 한다고 주장합니다.
4. 제안하는 글은 다른 사람을 설득하기 위한 글이므로 개성적이고 감성적인 표현보다는 논리적, 합리적인 표현이 필요합니다.

3주 102~103쪽 개념 톡톡

★ (1) 신사임당 (2) 안중근 1. (1) ③ (2) ① (3) ⑤ (4) ④ (5) ②

★ 인물이 한 일, 시대 상황 등에 유의하며 인물에 대한 설명을 읽고 인물의 이름을 찾아 씁니다. 김구와 윤봉길도 독립운동가이지만 김구는 대한민국 임시 정부와 관련된 인물이고 윤봉길은 훙커우 폭탄 의거와 관련된 인물입니다.

1. 전기문에는 인물에 대한 자세한 내용이 들어갑니다. 전기문에 들어가는 내용은 인물의 성격, 인물이 한 일, 인물이 살았던 시대 상황 등 다양합니다.

3주 104~105쪽 독해력 활짝

1. ⑤ 2. 사랑의 집 3. (1) ② (2) ①

1. 이 글에서는 정약용이 처한 상황과 살던 시대 상황, 한 일을 설명하였습니다. 정약용 부자는 어쩔 수 없이 떨어져 사는 상황입니다.
2. 이 글에서 테레사 수녀는 빈민가에 '사랑의 집'을 만들어서 가난과 배고픔으로 죽어 가는 인도 사람들을 도왔다고 했습니다.
3. 이승훈이 가진 삶의 태도나 한 일에서 느낀 점이나 본받을 점을 찾을 수 있습니다.

3주 106~107쪽 독해력 쑥쑥

1. ③ 2. 문화유산 3. ③ 4. (3) ○

1. 코르티츠는 제2차 세계 대전 당시 독일군의 장군이었습니다.
2. '문화유산'이란 '과학, 기술, 관습 등 인류 역사에 가치 있는 것'을 뜻합니다.
3. '양심과 소신'은 글에서 인물이 보여 준 행동을 통해 알 수 있습니다. 코르티츠 장군은 연합군의 포로가 될 것을 알았지만 파리에 폭탄을 터트리지 않았습니다.
4. 코르티츠 장군은 전쟁을 일으키지 않았습니다.

4주 112~113쪽 개념 톡톡

★ (1) ○ (2) ○ (3) ○ 1. 달콤한 맛, 새콤한 맛 2. (1) ○ (2) ○ (3) ○ (4) ○ (5) ×

★ 시에서는 놀이터에서 뛰어놀면서 즐거워하는 아이들의 모습을 표현하였습니다. 이에 알맞은 표정과 몸짓을 한 친구를 모두 찾습니다.

1. 시에 쓰인 맛 표현과 자신이 먹었던 사과 맛을 떠올리며 맛을 표현한 말을 찾아봅니다.
2. 시를 읽고 느낌을 나타내기 위해서는 우선 시의 내용을 파악해야 합니다. 그런 다음 시 속 인물의 마음을 헤아려 보고, 비슷한 경험을 떠올려 글, 그림이나 몸짓으로 나타낼 수 있습니다.

4주 114~115쪽 독해력 활짝

1. (3) ○ 2. ⑤ 3. (3) ○

1. 시의 장면을 이해하기 위해서는 전체적인 시의 내용을 이해하는 것이 필요합니다. 이 시는 미술 시간에 그림을 그리며 상상한 모습을 표현한 시입니다.
2. ㉠에서는 햇빛과 빗방울이 쥐눈이콩이 작다고 하지 않는 것처럼 자신을 무시하지 말라는 마음을 표현하고 있습니다.
3. 이 시는 친구가 싸움한 날의 이야기입니다. 따라서 친구와 싸웠던 경험을 떠올려 시 속 인물의 마음을 짐작할 수 있습니다.

4주 116~117쪽 독해력 쑥쑥

1. ⑤ 2. ㉯ 3. 지구 4. ②

1. ㉠은 조그만 사물들의 힘이 모여 지구의 힘이 된다는 의미로 이해할 수 있습니다.
2. 1연은 땅을 뚫고 새싹을 키우는 씨앗의 힘을 표현했습니다.
3. 시 전체의 내용을 정리해 봅니다. 보기 는 각각 새싹의 힘, 공기의 힘, 물방울의 힘입니다. 글쓴이는 이것이 모여 지구의 힘이 되었다고 했습니다.
4. 이 시는 자연 현상을 살펴서 지구의 위대한 힘을 이야기한 시입니다. 이와 관련없는 생각이나 느낌을 찾습니다.

4주 118~119쪽 개념 톡톡

★ (1) 예  (2) 예  (3) 예  1. (3) ○
2. (3) ○

★ 이야기 속 인물의 말과 행동에 대한 자신의 생각이나 느낌을 표현한 표정을 찾아봅니다.
1. 호랑이를 만난 젊은이가 한 일에 대한 생각을 찾아봅니다.
2. 어머니를 위해 산돼지를 잡아온 호랑이의 행동에 대한 생각이나 느낌을 잘 표현한 친구를 찾습니다.

4주 120~121쪽 독해력 활짝

1. ⑤ 2. ③ 3. (3) ○

1. 이 글은 외딴집에 사는 한 소녀가 지나가는 기차를 향해 손을 흔들어 주면서 생긴 기관사들과의 인연에 대한 이야기입니다.
2. ㉠에서 엄마인 자니가 비바람이 거세지는데 바다로 나간 남편을 기다리는 상황이므로 걱정하는 마음에 잠을 못 이루는 것을 알 수 있습니다.
3. 이 글은 흙이 무언가가 되기 위해 희망을 잃지 않고 견디는 이야기입니다. 이야기의 내용과 관련한 생각과 느낌을 말한 친구는 (3)입니다.

4주 122~123쪽 독해력 쑥쑥

1. ④ 2. ② 3. ㉮, ㉰ 4. ①

1. 글의 배경이 되는 곳은 산 중턱에 큰 바위 얼굴처럼 보이는 바위가 있는 산으로 둘러싸인 마을입니다.
2. 이야기에서는 큰 바위 얼굴이 인자하고 말을 거는 것 같다고 하였습니다.
3. 어니스트는 큰 바위 얼굴을 보면 마음이 편안하고 이야기를 나누고 싶은 마음이 들었다고 했습니다.
4. 글의 내용을 이해하고 인물의 마음을 헤아려 생각과 느낌을 나타낼 수 있습니다. 재원이의 느낌은 내용과 거리가 멀어서 어색합니다.

4주 124~125쪽 개념 톡톡

★ (1) 예 죄인이다 (2) 예 못된 관리의 재물이라도 남의 물건을 훔친 것은 죄이기 1. (3) ○ 2. (3) ○
3. (2) ○

★ 자신이 처한 상황에 따라 다른 생각을 펼칠 수 있습니다. 변호사는 홍길동이 죄가 없다는 입장이고, 검사는 홍길동이 죄가 있다는 입장임을 생각해서 자신이라면 어떻게 할지 입장을 골라 그 이유를 씁니다.
1~3. 두루미와 여우가 한 일과 그 일의 까닭을 파악합니다. 그리고 인물의 행동에 대한 의견을 바르게 표현한 것을 찾습니다.

4주 126~127쪽 독해력 활짝

1. ⑤ 2. ⑤ 3. (1) ○

1. 글에서 사나이는 일을 하지 않기 위해 집을 나와 버렸습니다. 그러다가 사나이는 노인의 탈을 쓰고 진짜 소가 되었습니다.
2. 왕자는 죄를 지은 친구를 당장 풀어 주라고 명령합니다. 이런 행동을 통해 왕자의 생각과 의견을 알 수 있습니다.
3. 글에 나오는 친구는 사나이가 맡긴 보석을 몰래 팔고 맡기지 않았다고 거짓말을 하고 있습니다. 이 행동에 대해 나올 수 있는 의견을 생각하여 문제를 풉니다.

4주 128~129쪽 독해력 쑥쑥

1. ③ 2. ② 3. ㉱ 4. 예 욕심쟁이 선비는 벌을 받아야 한다고 생각한다. 남의 물건을 훔친 것에 대해 벌을 받아야 하기 때문이다.

1. 마음씨 착한 선비는 신기한 나뭇잎으로 사냥을 많이 해서 큰 부자가 되었습니다.
2. ㉠에는 어려운 이웃을 그냥 지나치지 못하고 도와주는 선비의 모습이 그려져 있습니다.
3. 선비가 나뭇잎으로 동물들을 사냥한 일에 대한 의견이 아닌 것을 찾습니다.
4. 〈서술형〉 ❶ 욕심쟁이 선비의 행동 파악합니다. ⇨ ❷ 욕심쟁이 선비의 행동에 대한 자신의 생각을 떠올려 까닭과 함께 씁니다.

4주 130~131쪽 개념 톡톡

★ (1) ♥ (2) ♥ (4) ♥ (5) ♥ (6) ♥ 1. (3) ○ 2. (2) ○
3. (1) ○ (2) × (3) ○ (4) ○

★ 의견을 낼 때는 그 일이 어떤 일인지 먼저 파악해야 합니다. 학습 만화에 대한 다양한 의견을 찾아봅니다.

1. 어린이들이 친구를 만나기보다 스마트폰을 하는 이유는 바쁘기 때문이라고 했습니다.
2. 제시된 글의 내용과 관련 있는 의견을 찾습니다.
3. 사실에 대한 자신의 의견을 표현할 때는 사실의 내용이 옳은지 따져 보아야 합니다.

4주 132~133쪽 독해력 활짝

1. ㉠, ㉣ 2. (3) ○ (4) ○ 3. (1) ○

1. 사실은 현재에 있는 일이나 실제로 있었던 일이고, 의견은 사람마다 다르게 가질 수 있는 생각입니다.
2. 다이어트에 도움이 될 것 같다는 것과 바삭한 느낌이 든다는 것은 의견입니다.
3. 빼빼로 데이에 있었던 일을 쓴 생활문이므로 기념일 문화에 대한 의견을 나타낼 수 있습니다. (1)은 글쓴이가 겪은 일과 관련이 없습니다.

4주 134~135쪽 독해력 쑥쑥

1. ② 2. (1) ② (2) ① (3) ④ (4) ③ 3. ㉡ 4. ㈐

1. 수원 화성은 조선 시대의 건축물입니다.
2. 수원 화성의 구조물의 특징과 쓰임으로 알맞은 것을 찾습니다. '치성'은 튀어나온 곳, '포루'는 대포가 있는 곳, '적대'는 수로가 있는 곳, '공심돈'은 가장 높은 건물입니다.
3. 의견은 어떤 사실에 대한 자신의 생각과 느낌입니다. '같다'라는 말 속에 추측의 뜻이 들어 있습니다.
4. 정조가 한 일에 대한 긍정적인 평가와 부정적인 평가를 구분하여 문제를 풉니다.

4주 136~137쪽 개념 톡톡

★ ㉮ 1. (1) ○ 2. 예 짖었기 3. (1) ○ (2) × (3) ○
(4) ○ (5) ×

★ 그림 카드에서 나온 내용과 자연스럽게 이어질 내용을 상상하여 보기 에서 고릅니다.

1. 이야기의 처음과 결과를 살펴서 원인이 무엇인지 알아봅니다. 강물에 비친 자신의 모습을 본 개가 어떤 행동을 했을 때 뼈를 잃게 되었는지 생각해 봅니다.
2. 이야기의 원인을 나타내는 문장을 쓸 때에는 '왜냐하면 ~때문이다.'를 씁니다.
3. 이어질 내용을 상상할 때에는 앞부분에 나온 내용과 상상한 내용이 어울려야 자연스럽습니다.

4주 138~139쪽 독해력 활짝

1. ⑤ 2. (1) 농부의 딸 (2) 발톱 (3) 발톱 (4) 이빨
(5) 이빨 3. ④

1. 이 글에서 아이의 친구는 아이가 여러 개의 달걀을 갚으라고 해서 재판을 받기로 했습니다.
2. 글에서 농부는 딸의 지혜로 위기를 모면합니다. 딸의 요구 사항 두 가지가 무엇인지 파악해 빈칸에 알맞은 말을 씁니다.
3. 솜은 물에 젖으면 더 무거워진다는 것과 당나귀가 일부러 물에 빠진 것을 통해 이후 이야기를 상상할 수 있습니다.

4주 140~141쪽 독해력 쑥쑥

1. ⑤ 2. ⑤ 3. 예 노인이 삼년 고개에서 넘어진 일
4. ㈏

1. 노인이 삼 년밖에 살 수 없다는 이야기가 전해지는 삼년 고개에서 넘어진 점을 생각합니다.
2. 소년도, 노인도 삼년 고개에서 넘어지면 삼 년을 산다는 생각을 하고 있습니다.
3. 소년이 노인을 찾아가서 해결책을 알려 주었으므로 가장 처음에 일어난 사건은 노인이 삼년 고개에서 넘어진 일입니다.
4. 노인이 소년의 말을 듣고 어떤 행동을 했을지 상상해 봅니다. 소년의 말을 듣고 바로 삼년 고개로 간 것으로 보아 소년의 말대로 할 것임을 알 수 있습니다.

축하합니다!
D1권 독해 능력자가 되었네요.
D2권에서 다시 만나요!